*Kirsten Boie* wurde 1950 in Hamburg geboren, wo sie auch heute lebt. Sie studierte Deutsch und Englisch, promovierte in Literaturwissenschaften und war Lehrerin, bevor sie für Kinder und Jugendliche zu schreiben begann. Sie zählt zu den renommiertesten Autorinnen des modernen Kinder- und Jugendromans. Im Jahr 2007 wurde sie mit dem Sonderpreis des Deutschen Jugendliteraturpreises für ihr Gesamtwerk ausgezeichnet. In der Fischer Schatzinsel erschienen von ihr bereits ›Man darf mit dem Glück nicht drängelig sein‹, ›Mit Kindern redet ja keiner‹, ›Chaossommer mit Ur-Otto‹, ›Lisas Geschichte, Jasmins Geschichte‹, ›Manchmal ist Jonas ein Löwe‹, ›Das Ausgleichskind‹, ›Opa total verliebt‹, ›Kerle mieten oder Das Leben ändert sich stündlich‹, ›Skogland‹, ›Verrat in Skogland‹, ›Nella-Propella‹, ›Prinz und Bottelknabe oder Das Tauschgeschäft‹ und ›Die Medlevinger‹.

*Philip Waechter* wurde 1968 in Frankfurt am Main geboren. Er studierte Kommunikationsdesign mit dem Schwerpunkt Illustration an der Fachhochschule Mainz. Heute arbeitet er als freier Graphiker und Illustrator in der Ateliergemeinschaft LABOR in Frankfurt am Main.

Kirsten Boie

# Mittwochs darf ich spielen

Mit Bildern
von Philip Waechter

Fischer Taschenbuch Verlag

Fischer Schatzinsel
ist das Kinder- und Jugendbuchprogramm
der S. Fischer Verlage

Dieses Buch erschien erstmals 1993 im Verlag
Friedrich Oetinger, Hamburg.

FSC
www.fsc.org
MIX
Papier aus verantwortungsvollen Quellen
FSC® C083411

2. Auflage: Mai 2012

Veröffentlicht im Fischer Taschenbuch Verlag,
einem Unternehmen der S. Fischer Verlag GmbH,
Frankfurt am Main, Januar 2008

Bearbeitete Neuausgabe

Satz: Pinkuin Satz und Datentechnik, Berlin
Druck und Bindung: CPI – Clausen & Bosse, Leck
Printed in Germany
ISBN 978-3-596-80730-7

*Nach den Regeln der neuen Rechtschreibung*

# SONNTAG

# 1.

Nun kommt Tante Pia auf mich aufpassen, und dabei ist sie noch nie meine Lieblingstante gewesen. Obwohl ich nur die eine habe. Aber ich finde nicht, dass sie deswegen gleich meine Lieblingstante sein muss. Weil ich sie nämlich wirklich nicht mag.

Mama mag Tante Pia auch nicht so gerne. Dabei ist Tante Pia ihre kleine Schwester.

»Das ist meine kleine Schwester«, sagt Mama, wenn sie Tante Pia jemandem vorstellen muss, sagen wir mal bei Papas vierzigstem Geburtstag oder so Festen, wo viele Gäste kommen. Tante Pia kommt dann auch.

»Meine kleine Schwester Pia«, sagt Mama dann, und sie kriegt einen komischen Mund dabei, die Mundwinkel zieht sie so ein.

Ich weiß nicht genau, warum Mama Tante Pia nicht mag, mir erzählt sie das nicht. Nur

zu ihrer Freundin Beeke sagt sie manchmal was, am Telefon.
»Ach Gott, Beeke!«, sagt Mama. »Natürlich seh ich die Pia nicht oft! Wir verkehren doch in verschiedenen Kreisen!« Und dann schluckt sie schnell und sagt: »In verschiedenen Welten! Pias Welt ist wirklich nicht meine Welt.«
Das ist natürlich Blödsinn, weil es nur eine Welt gibt, und das sollte Mama schon wissen. Aber wahrscheinlich ist das nur wieder Gerede.
Mit mir redet Mama normaler. »Zieh den Anorak aus« und »wasch dir die Hände« und »wenn jetzt hier nicht gleich das Licht aus ist, gibt es aber Ärger«. Also alles ganz vernünftig.
Warum *ich* Tante Pia nicht mag, weiß ich aber genau. Weil sie nicht mit Kindern umgehen kann, darum. Das weiß ja wohl jeder, was mit Kindern umgehen ist. Also zum Beispiel, dass man auch mit dem *Kind* redet, wenn man die Eltern besucht. Und sagt, dass das Kind aber schön gewachsen

ist, und nach dem Kindergarten fragt oder nach der ersten Klasse, wo ich jetzt drin bin, und Interesse zeigt. Und nicht wie Tante Pia, die manchmal sogar vergisst, mir die Hand zu geben, und hinterher redet sie auch nicht mit mir.
Und wenn sie sich dann beim Kaffeetrinken über irgendwelche Sachen unterhalten, die mit Fremdwörtern heißen, Hypothekenzinsen oder Mikrowelleninstallation, und wenn dann das Kind unterbricht und was fragt, zum Beispiel, oder auch was erzählt, einfach so dazwischen, dann müssen nette Erwachsene gleich verstehen, dass das Kind sich da langweilt. Weil sich ihm keiner gewidmet hat. Das heißt nämlich widmen, und so geht mit Kindern umgehen können.
Aber Tante Pia macht das alles nicht. »Fabia, mein Mädchen, ich würde das gerne mal mit deinen Eltern zu Ende besprechen«, sagt sie, wenn ich beim Kaffeetrinken unterbreche; und Geschenke bringt sie auch längst nicht jedes Mal mit. Oder nur doofe.
Und jetzt soll Tante Pia auf mich aufpassen!

Fast eine Woche soll sie das, und bei dem Gedanken wird mir ganz schlecht.
Aber Papa will Mama unbedingt mit auf seine Dienstreise nehmen, und da brauchen sie einen für mich. Papas Dienstreise geht nach Mailand, das heißt in echt Milano und liegt in Italien. Wo es die Zitronenbäume gibt und manchmal Palmen, und Mama kauft sich da immer Schuhe. Deshalb will sie diesmal auch mitfliegen, Schuhe kaufen und Sachen, und für mich bringen sie dann auch irgendwas mit. Papa hat mir mal rote Lackschuhe mitgebracht aus Rom, das heißt in echt Roma und liegt auch in Italien, und solche roten Lackschuhe hatte sonst keiner.
Letzte Woche hat Mama Oma Frankfurt gefragt, ob sie solange kommt, und Oma Frankfurt hat »aber klar« gesagt. Da hab ich mich gefreut, weil Oma Frankfurt immer lauter süße Sachen kocht und Schokolade kaufen geht, alle Sorten Riegel zum Beispiel. Oma Frankfurt glaubt, wenn man sich hinterher ordentlich die Zähne putzt, sind Süßigkeiten okay. Sie hat das noch

nicht richtig verstanden, dass Süßigkeiten auch innerlich schaden. Das sagt Mama immer, Süßigkeiten schaden auch innerlich, aber wenn Oma Frankfurt das noch nicht weiß, muss ich es ihr ja nicht unbedingt erzählen. Jedenfalls nicht gerade, wenn sie bei mir ist.

Das kann sie aber nun doch nicht tun, und das ist, weil sie so dicke Beine hat. Irgendwas ist plötzlich mit Oma Frankfurts dicken Beinen los, und darum kann sie nicht kommen. Früher konnte sie das immer, und da waren ihre Beine auch schon dick. Da ist lauter Wasser drin.

»Ach Gott, was sollen wir denn machen?«, hat Mama gesagt, als Oma Frankfurt angerufen hatte. Sie ist ganz aufgeregt gewesen, weil sie doch unbedingt nach Milano wollte und Schuhe kaufen, und vielleicht blühen da auch schon die Bäume. »Wir können das Kind doch nicht eine Woche allein lassen!«

Dann hat sie angefangen zu telefonieren mit der Mutter von meiner Freundin Mareike und mit der Mutter von meiner Freundin

Annette, ob ich dahin kann. Die anderen Mütter kennen wir nicht so gut.
Aber irgendwie hat es dann doch nicht geklappt, und Papa hat Mama die Hand auf die Schulter gelegt und gesagt: »Das ist doch kein Weltuntergang, Liebes! Dann kommst du eben ein anderes Mal mit!«
Aber Mama hat doch gefunden, dass es ein Weltuntergang war, und wenn ich nicht immer so grässliche Angst kriegen würde, wenn es abends dunkel wird und man nicht genau weiß, kommen nun Einbrecher, oder kommen sie nicht, dann hätte ich Mama auch bestimmt angeboten, ich bleibe alleine. Aber wegen der Angst ging das nicht.
»Albert!«, hat Mama da plötzlich gerufen. »Wir haben ja Pia vergessen!« Und sie ist ans Telefon gestürzt, und Papa hat gerufen: »Warte mal, Liebes, nun warte doch mal! Glaubst du denn wirklich, dass Pia geeignet ist?«
Ich hab noch versucht, mich einzumischen, und hab geschrien: »Sie ist überhaupt nicht geeignet! Überhaupt nicht geeignet!« Aber da hatte Mama schon gewählt.

Dann hat sie schrecklich lange reden müssen, und ich hab schon gehofft, es geht schief, aber am Schluss ist Mama doch gekommen und hat gesagt, Tante Pia macht es.

»Sie hat was von einer Prüfung erzählt, auf die sie sich vorbereiten muss!«, hat Mama gesagt. »Was das nun wieder sein kann! Aber jedenfalls hat sie deswegen wenig Zeit. Ich hab gesagt, bei uns kann sie genauso gut arbeiten wie zu Hause. Fabia ist morgens in der Schule, und nachmittags hat sie ihre Termine. Da kommt Pia schon zu ihrer Arbeit.«

Papa hat genickt.

»Aber sie hat Geld gewollt«, hat Mama geflüstert.

»Unter hundert am Tag macht sie es nicht, hat sie gesagt. Sie ändert sich nie, Albert, meine Schwester ändert sich nie!«

Ich hab es eine Frechheit gefunden, dass es hundert Euro kosten soll, wenn man einen Tag auf mich aufpasst. Weil ich nämlich kein ungezogenes Kind bin, sondern ein nettes. Ich bin pflegeleicht und gut erzogen, und es

ist eine Freude, mit mir zusammen zu sein, sagt Oma Frankfurt immer. Aber die kriegt ja das Wasser nicht aus den Beinen.
Darum kommt jetzt also Tante Pia, und das ist wirklich ein Elend.

# 2.

Tante Pia ist mit dem Taxi gekommen.
Sie hat geklingelt, und das Taxi stand vor der Auffahrt mit laufendem Motor.
»46,50, Albert, ich finde, das solltest du aufrunden«, hat Tante Pia gesagt und Papa die Hand geschüttelt.
»Du bist mit dem Taxi gekommen?«, hat Papa verblüfft gefragt. »Hätte der Bus nicht gereicht?«
Tante Pia hat nur so mit der Hand gewedelt und ist mit Papa zum Taxi gegangen. Und ich immer hinterher.
»Mit den riesigen Koffern?«, hat Tante Pia empört gefragt und Papa die Koffer gezeigt, die der Taxifahrer auf die Auffahrt gestellt hatte. Aber zum Haus tragen wollte er sie nicht, dafür waren sie zu schwer. Das hat Papa dann getan.

»Liebe Pia«, hat er gesagt und geschnauft, als er die Koffer in der Diele hatte, »was um Himmels willen ist denn da drin?«
»Bücher, lieber Albert, nichts als Bücher«, hat Tante Pia gesagt und im Spiegel an ihren Haaren rumgezupft. Dabei weiß ich gar nicht, was es da zu zupfen gibt. Die stehen sowieso in alle Richtungen, und eine Frisur ist das im Leben nicht. »Und natürlich frische Unterwäsche. Aber das willst du ja wahrscheinlich gar nicht wissen.«
Papa hat sich geräuspert, und Mama hat ihm so einen Blick zugeworfen, und dann hat sie gesagt: »Fabia, du kannst Tante Pia schon mal ihr Zimmer zeigen.«
»Und wer trägt die Koffer?«, hat Tante Pia gefragt.
Da musste Papa dann nochmal ran.
Und ich hab in der Zimmertür gestanden und zugeguckt, wie Tante Pia ausgepackt hat. Fragen darf man ja nicht, ob einer was mitgebracht hat, aber stehen und beim Auspacken zugucken schon. Zwischendurch hab

ich mich immer mal geräuspert, aber man hat doch wieder gemerkt, dass Tante Pia nichts von Kindern versteht, weil sie überhaupt nicht hingeguckt hat, nur immer Büchertürme auf den Boden gestapelt und dabei vor sich hin gemurmelt.

»Was sind denn das alles für Bücher?«, hab ich gefragt. Ich hab gedacht, vielleicht merkt sie dann, dass ich auch noch auf der Welt bin.

»Für meine Prüfung«, hat Tante Pia gesagt. Aber hochgeguckt hat sie immer noch nicht.
»Was ist das denn für eine Prüfung?«, hab ich gefragt. Aber jetzt hat Tante Pia gar nicht mehr geantwortet, sondern nur noch gemurmelt, und ich wollte schon grade gehen, weil ja klar war, dass sie wieder vergessen hatte, mir was mitzubringen, da ist sie plötzlich zusammengezuckt.
»Ha!«, hat sie gerufen. »Hier ist sie! Bella purgensis, die Blüte der Südsee«, und sie hat mir eine Muschel hingehalten, die war so groß wie Papas Hand und außen ganz weiß und innen ganz rosa. »Ich dachte, die würdest du mögen.«
Ich habe Bella purgensis angeguckt und dann Tante Pia, und ich hab mir gedacht, dass man bei ihr einfach nie wissen kann, woran man ist.
»Wo ist die denn her?«, hab ich gefragt. Die Muschel hat sich gut angefühlt in der Hand, und am Ohr hat sie gerauscht, wie Muscheln das sollen.

Tante Pia hat schon wieder weiter ausgepackt.
»Keine Ahnung«, und sie hat mit den Achseln gezuckt.
»Du hast doch gesagt, sie heißt Bella purgensis«, hab ich gesagt. »Die Blüte der Südsee.«
Tante Pia hat nicht hochgeguckt. »Findest du nicht, dass der Name passt?«, hat sie gefragt.
Das fand ich allerdings. Er klang ganz genau richtig.
»Und wo hast du sie gekauft?«, hab ich gefragt.
Da hatte Tante Pia ihren letzten Koffer leergeräumt.
»Flohmarkt«, hat sie gesagt und mich angegrinst dabei. »Jetzt können wir zum Abendbrot gehen.«
Ich hab gedacht, dass Mama das nun um Himmels willen nicht erfahren darf und dass ich Bella purgensis deshalb lieber gleich in meinem Zimmer verschwinden lassen muss. Mama findet nämlich Sachen vom Flohmarkt unappetitlich, weil man da nie weiß,

wer die schon alles in der Hand gehabt hat und was die damit gemacht haben. Darum darf ich niemals zum Flohmarkt gehen, auch wenn mich Freundinnen mitnehmen wollen nicht.

Darum hab ich Bella purgensis hinter meiner Seifensammlung versteckt. Ich hab schon sechsundzwanzig verschiedene kleine Seifen, Schmetterlinge und Blumen und Herzen und Fische und Schweine und Zitronen. Hinter den Seifen findet Bella nur die Putzfrau, wenn sie saubermacht. Und die legt sie wieder zurück.

# 3.

Beim Abendbrot wollte Mama immer mit Tante Pia über die nächste Woche reden.
»Bist du auch ganz sicher, dass du klarkommst?«, hat Mama gefragt.
»Warum denn nicht?«, hat Tante Pia gesagt. Sie hatte schon fast die ganze Käseplatte leergegessen, Tante Pia ganz alleine. Sie hat nichts anderes gegessen als Käse, immer nur Käse, und Mama hat Papa Blicke zugeworfen, die sollte ich nicht sehen, das hab ich aber doch. Ich weiß ja sowieso, dass man sich so nicht benehmen darf, nicht eine Aufschnittplatte ganz allein leerräubern. Das sagt Mama mir jedes Mal, wenn ich zum Geburtstag gehe. Und dass ich mich für die Einladung bedanken soll und bei den Spielen nicht vordrängeln und nicht so grölen und grade sitzen und beim Essen

nicht gierig sein. Tante Pia war hundertprozentig gierig.
»Pia!«, hat Mama gesagt. »In einer Stunde geht das Flugzeug, das Taxi steht gleich vor der Tür. Ich muss dir doch erklären, was alles so anliegt!«
»Weiß das Kind das nicht selber?«, hat Tante Pia gefragt. Sie hat sich tatsächlich noch ein Stück Käse genommen! Cheddar. Das allerletzte Stück auf der Platte.
»Fabia ist sieben!«, hat Mama gerufen, aber ich hab sie unterbrochen.
»Klar weiß ich das selber!«, hab ich gesagt. »Ich kenn doch meine Termine!«
Da hat Mama geseufzt und gesagt, dass sie Tante Pia dann nur noch schnell alles zeigt, was sie für die Woche zum Essen eingefroren hat, und Tante Pia ist auch tatsächlich mitgegangen. Wahrscheinlich, weil nun sowieso kein Käse mehr da war.
»Und du versprichst mir, dass du alles genauso machst, wie wir es sonst auch immer machen, Fabia, mein Schatz?«, hat Mama gesagt, als das Taxi da war. Auf einmal sah

Mama so aus, als wäre sie am liebsten zu Hause geblieben.
»Klar, Mama, Ehrenwort«, hab ich gesagt.
Ich hab gar nicht gewusst, was wir anders machen sollten.

# MONTAG

# 4.

Als Tante Pia mich am Montag geweckt hat, hatte sie dasselbe an wie am Sonntag, und sie hat auch überhaupt nicht kontrolliert, ob ich mich wirklich gewaschen und mir die Zähne geputzt habe.
Mama sagt immer, bei solchen Sachen ist auf Kinder kein Verlass, darum steht sie lieber daneben. Ich hab aber wirklich nicht geschummelt, nur beim Waschen war ich ein bisschen husch-husch.
Beim Frühstück hat Tante Pia schon in einem von ihren Büchern gelesen, das war nicht sehr gemütlich. Sogar, wenn sie nach der Kaffeetasse gesucht hat, wollte sie nicht vom Buch hochgucken, und ihre Hand ist so über den Tisch gerutscht, bis sie die Tasse gegriffen hat. Ich fand das ein sehr ungehöriges Benehmen und auch nicht sehr höflich.

Schließlich war ich ja auch noch da. Und für hundert Euro am Tag kann man schon ein bisschen was tun, finde ich.
»Was ist das für ein Buch?«, hab ich gefragt.
Tante Pia hat einfach weitergelesen. »Schwer zu erklären«, hat sie gemurmelt. Dann hat ihre Hand nach ihrem Erdnussbutterbrot gesucht, und sie hat abgebissen.
»Du hast gar nicht geguckt, ob ich meinen Ranzen richtig eingeräumt hab«, hab ich gesagt.
»Hast du nicht?«, hat Tante Pia gefragt. Nicht mal jetzt hat sie mich angeguckt.
Da hab ich mich geärgert und gedacht, dass ich morgen früh meinen Ranzen einfach falsch einpacke, das Matheheft vergesse, zum Beispiel. Dann schimpft Frau Maurer mit mir, und vielleicht kriege ich sogar einen Zettel mit nach Hause. Den kann ich Mama dann zeigen, wenn sie wiederkommt. Dann wird sie es Tante Pia schon geben.
»Ich glaube, du musst los«, hat Tante Pia gesagt. Beim Mantelanziehen hat sie mir

auch nicht geholfen, aber als ich mich an der Pforte nochmal umgedreht habe, stand sie plötzlich in der Haustür und hat gewinkt. Das ist ja wenigstens etwas, aber für hundert Euro kann man noch mehr verlangen, finde ich.

# 5.

Als ich nach Hause gekommen bin, war das Mittagessen fertig, aber das war ja auch keine Kunst. Tante Pia brauchte schließlich nur aufzutauen, was Mama schon vorgekocht hatte.

Beim Mittagessen hat Tante Pia nicht gelesen. Sie hat im Essen herumgestochert, wie man es bei fremden Leuten nicht tun soll, weil es sich nicht gehört.

»Zu viel Fleisch ist ungesund«, hat sie gesagt. »Wie war's in der Schule?«

Ich hab nicht gewusst, was ich antworten soll. Mama fragt mich das auch immer, aber bei Mama fällt mir mehr dazu ein.

»Bist du auch so ein Genie, wie meine Schwester eins war?«, hat Tante Pia gefragt. »Alles wunderbar, keine schlechten Noten und in Betragen eine Eins?«

»In der ersten Klasse gibt es keine Zensuren«, hab ich gesagt. Aber irgendwie hab ich mich geärgert, weil es bei Tante Pia so geklungen hat, also ob es was Schlechtes wäre, wenn man gut in der Schule ist.
»Wir haben keine Hausaufgaben auf«, hab ich gesagt. Eigentlich hätte Tante Pia das ja fragen müssen.
»Habt ihr Hausaufgaben auf?«, hätte sie fragen müssen, weil man das so macht und weil ein Kind es sonst leicht vergessen kann. Aber heute hatten wir wirklich nichts auf.

»Prima!«, hat Tante Pia gesagt. »Dann kannst du ja nach dem Essen gleich spielen gehen.«
»Spielen?«, hab ich gefragt. Man hat gleich gemerkt, dass Tante Pia sich nicht auskennt. Vielleicht hätte sie sich von Mama doch besser *alles* erklären lassen sollen, nicht nur die Tiefkühltruhe. »Wir müssen zuerst doch noch Lesen üben!«
»Ja, hast du denn doch was auf?«, hat Tante Pia gefragt. Sie hat ein bisschen verwirrt ausgesehen dabei.

»Eben hast du doch grade gesagt ...«
Mama hat mit mir Lesen geübt, seit ich fünf war, jeden Tag ein bisschen. »Nur nicht zu viel!«, hat Mama gesagt. »Es soll dir ja Freude machen!« Und sie hat ein Poster in meinem Zimmer aufgehängt, da waren alle Buchstaben drauf und so Bilder dazu, beim E zum Beispiel ein Esel und ein Apfel beim A. Das haben wir dann gelernt. Und es hat mir auch Freude gemacht, weil ich nämlich alles wusste, und ich hab mir gedacht,

wenn ich in die Schule komme, dann kann ich schon alles, und ich bin die Allerklügste. Dann sagt die Lehrerin zu mir, dass ich es den andern mal erklären soll, weil sie es nicht wissen, und ich weiß es ja schon. Da hab ich mich ordentlich auf die Schule gefreut.

Mama hat auch immer gesagt, ich hab bestimmt einen Vorsprung. Heutzutage muss man darauf schon achten, hat Mama gesagt, und sie hat mir auch jeden Monat »Bussi Bär« gekauft, wo die lustigen Schreib- und Rechenübungen drin sind für Kinder ab drei, das hab ich dann immer gemacht.

Aber wie ich in die Schule gekommen bin, war es da doch ganz anders. Weil die anderen Kinder nämlich auch alle »Bussi Bär« hatten, und Lesen geübt hatten sie auch alle heimlich. Da hab ich dann eben keinen Vorsprung gehabt, aber jedenfalls war ich nicht dümmer als die anderen, und Mama hat gesagt, da kann man mal sehen, wie nötig es war, dass wir jeden Tag geübt haben, wie stünde ich denn jetzt sonst da, und wir

müssten von nun an eben jeden Tag noch ein bisschen mehr tun.
Das haben wir auch gemacht. Aber wirklich nur ein kleines bisschen mehr, weil Mama nicht wollte, dass ich die Freude verliere.
Und nun wollte Tante Pia nicht mit mir lesen!
»Nee, geh du man spielen«, hat Tante Pia gesagt.
»Wenn du keine Hausaufgaben aufhast, werde ich mich nicht krummlegen. Geh du man schön spielen, die Sonne scheint.«
Da bin ich beinahe wütend geworden, aber ich hab natürlich gewusst, dass es bei Tante Pia nicht lohnt. Die hatte sowieso schon wieder ihr Buch vor der Nase.
Und ich hab gedacht, die eineinhalb Stunden bis zum Ballett krieg ich auch noch rum, und ich bin in mein Zimmer gegangen und hab alle alten »Bussi-Bär«-Hefte noch mal durchgeguckt. Die finde ich jetzt ehrlich eierleicht.

# 6.

Meine Ballettsachen hab ich alleine zusammengepackt, weil Tante Pia ja sowieso nicht wusste, wo alles war, und ich hab auch gedacht, vielleicht lobt sie mich dann. Das hat sie aber nicht getan.
Um Viertel vor drei bin ich ganz leise die Treppe nach unten gegangen, und da saß Tante Pia am Küchentisch und hat in ihrem Buch gelesen und bestimmt schon die zweitausendste Tasse Kaffee getrunken.
»Wir müssen jetzt los, Tante Pia!«, hab ich gesagt. »Ich hab doch am Montag Ballett!«
»Ballett?«, hat Tante Pia gefragt. »In deinem Alter?«
Das war nun wirklich ziemlich blode, weil ich schon zum Ballett gehe, seit ich zweieinhalb bin, zuerst in die Zwergengruppe und dann immer weiter. Jetzt bin ich schon in

der vierten Gruppe, und bald komme ich in die fünfte; ich müsste nur zu Hause noch ein bisschen mehr üben, zum Beispiel Spagat.

»Ballett kann man auch schon mit zwei!«, hab ich darum gesagt.

Tante Pia hat mich ungläubig angesehen. »Man *kann* auch mit rohen Eiern jonglieren«, hat sie gesagt. »Blödsinn bleibt es deswegen trotzdem.« Und sie hat kein bisschen so ausgesehen, als ob sie mit dem Lesen aufhören wollte.

»Es ist Viertel vor drei!«, hab ich gerufen. »Du musst mich jetzt bringen!«

Da hat Tante Pia doch von ihrem Buch hochgeguckt.

»Das muss ich keinesfalls, mein Kind«, hat sie gesagt, und sie hat sehr entschlossen geklungen. »Ich habe deiner Mutter erklärt, dass ich nur kommen kann, wenn ich mich in dieser Woche trotzdem vernünftig auf meine Prüfung vorbereiten kann, und das hat sie mir zugesagt. Von Ballett und ähnlichen Dingen war dabei nicht die Rede.«

»Aber du musst mich bringen!«, hab ich ge-

rufen. »Mama bezahlt dir ja schließlich viel Geld!«
»Über Geld redet man nicht, wenn man zu den feinen Leuten gehören will«, hat Tante Pia gesagt. Sie hat sich nicht mal geärgert.
»Aber *du* redest doch davon!«, hab ich gerufen.
Tante Pia hat eine Seite umgeblättert. »Ich will ja auch nicht zu den feinen Leuten gehören«, hat sie gesagt. Und sie hat in ihr Buch geguckt auf so eine Weise, dass ich gewusst habe, ich krieg sie davon nicht mehr weg.
Da bin ich so wütend gewesen, dass ich gedacht habe, gleich muss ich platzen. Montag ist Balletttag und Balletttag und Balletttag, und wenn kein Ballett ist, weiß ich überhaupt nicht, was ich machen soll. Erst kein Lesen und dann kein Ballett!
Ich hab mit Grausen daran gedacht, dass Mama und Papa erst am Donnerstagabend zurückkommen wollten, das waren noch dreieinhalb Tage, und wie ich das so lange aushalten sollte, hatte ich wirklich keine Ahnung.

»Tante Pia!«, hab ich gerufen. Aber die hat nur in ihr Buch gestarrt wie taub. Da hab ich erst wirklich begriffen, wie ernst sie es meint und dass ich mir selber ausdenken muss, was ich tun will, und ich habe ausgerechnet, dass es noch mehr als drei Stunden waren, bis wenigstens Sesamstraße kam, und mir ist wirklich ganz schlecht geworden.
Dann ist mir aber eingefallen, was ich tun konnte. Ich hab mich zu Tante Pia an den Tisch gesetzt, genau gegenüber. Dass sie mich sehen musste, wenn sie mal ab und zu über den Rand von ihrem Buch geguckt hat. Den Kopf hab ich in die rechte Hand gestützt und einfach wie tot vor mich hin gestarrt mit so einem Blick, als ob ich dabei gar nichts sehe. Ich hab auch versucht, nichts zu denken, dann werden die Augen echter, aber dann musste ich doch mal kurz zur Uhr gucken. Und da hatte ich noch nicht mal fünf Minuten so gesessen! Aber Tante Pia hat sich überhaupt nicht um mich gekümmert.
Ehrlich wahr! Es hat sie nicht gestört, dass ich schon fast fünf Minuten dasaß wie tot

und Löcher in die Luft gestarrt habe. Das sagt Mama nämlich dazu, und sie hat es gar nicht gerne. Sie sagt, es ist ungesund, wenn Kinder ihren Tag vertrödeln und Löcher in die Luft starren. Es zeigt, dass etwas mit ihnen nicht stimmt.

Aber Tante Pia hatte natürlich wieder keine Ahnung von Kindern.

Auf der Uhr waren es nun schon bald zehn Minuten, und ich hab gemerkt, dass ich es nicht mehr sehr lange aushalten kann. Und außerdem hatte es ja gar keinen Sinn.

»Ach ja!«, hab ich darum geseufzt. »Hier sitze ich also und starre Löcher in die Luft.«

Aber Tante Pia hat nur wieder umgeblättert und in ihrem Buch herumgemalt, wie gut erzogene Kinder es nicht tun. Weil ein Buch ein Freund ist, und man will lange was von ihm haben.

»Stört dich das gar nicht?«, hab ich gefragt. »Dass ich hier so einfach sitze und meinen Tag vertrödele?«

»Es ist ja schließlich *dein* Tag«, hat Tante Pia gesagt, und jetzt hat sie so kräftig in ihrem Buch herumgestrichen, dass man es bestimmt nicht mehr wegradieren konnte. »Aber *mein* Tag ist es nun allerdings auch, und den möchte ich bitte sehr nicht immerzu gestört haben.«

Da hab ich begriffen, dass es Tante Pia ganz egal ist, was ich mache, und dass sie immer nur an sich und an sich und an sich denkt und sich überhaupt keine Gedanken macht, wie ein Kind seinen Tag am sinnvollsten gestalten kann. Und ich bin aufgestanden mit einer großen Wut im Bauch und nach draußen gegangen. Wenigstens wusste ich genau, dass sie ihre hundert Euro nicht kriegt, dafür würde ich schon sorgen. Wenn Mama erfährt, wie Tante Pia mich vernachlässigt hat, kriegt Tante Pia keinen Cent, und vielleicht fällt sie auch noch durch ihre Prüfung. Dafür habe ich schnell einen Zauberspruch gesagt.

Draußen war es genauso langweilig, wie ich es ja gewusst hatte. Kein Mensch zum Spielen weit und breit. (Meine Freundin Mareike war jetzt beim Ballett, und meine Freundin

Annette war beim Ballett und Katrin und Sabine auch. Hilde und Katja waren erst in der dritten Gruppe, und die war mittwochs, aber Hilde und Katja wohnen auf der anderen Seite von der großen Kreuzung, da darf ich nicht alleine hin. Ich hab mich auf den großen Stein neben unserer Auffahrt gesetzt, auf dem unsere Hausnummer steht, und hab nachgedacht. Natürlich konnte ich auch alleine spielen, aber ich wusste wirklich nicht, was. Und dann ist es mir plötzlich eingefallen. Isgard! Isgard geht nicht zum Ballett, in gar keine Gruppe, und darum

hatte Isgard heute auch keinen Termin. Und Isgard wohnt außerdem gleich um die Ecke.

»Guten Tag«, habe ich höflich gesagt, als Isgards Mutter die Tür aufgemacht hat. »Ich möchte bitte mit Isgard spielen.«
»Mit Isgard? Heute?«, hat ihre Mutter gefragt und mich verblüfft angeguckt. »Aber geht ihr denn heute nicht zum Ballett?«
Ich habe den Kopf geschüttelt. Alles lang und breit zu erklären, hatte ich keine Lust.
»Ja, weißt du, Fabia«, hat Isgards Mutter gesagt. »Das tut mir nun leid. Aber Isgard ist leider nicht da! Am Montag hat sie ja nie einen zum Spielen, weil ihr da alle beim Ballett seid, da geht sie dann immer zu ihrer Oma. Die freut sich ja auch, wenn Isgard mal kommt, und am Montag passt es eben am besten.«
Ich hab genickt und bin einfach gegangen, und erst, als ich schon fast bei unserem Stein war, ist mir eingefallen, dass ich nicht auf Wiedersehen gesagt hatte, und das ist

wirklich sehr unhöflich. Aber das konnte ich nicht mehr ändern.
Ich hab auf dem Stein gesessen und zum Haus hingeguckt und Zaubersprüche gesagt, dass Tante Pia tot umfallen sollte oder im Kopf durcheinander werden, dass sie alles wieder vergisst, was sie gerade gelernt hat. Ich hatte so eine Wut, dass ich mich wirklich gefühlt hab wie diese wilden Kinder in den Geschichten immer, die dann ausreißen und sich ein Schiff suchen zum Verstecken. Damit reisen sie dann in die Welt.
Und da hab ich plötzlich gewusst, was ich tue, und ich habe meine Fäuste in die Hosentaschen gesteckt und bin zum Domröse-Hof gegangen.

# 7.

Der Domröse-Hof ist ganz und gar verboten, aber nicht so verboten wie die andere Seite von der großen Kreuzung. Nicht *gefährlich* verboten.
Der Domröse-Hof ist verboten, weil da die komischen Leute wohnen, die so witzig sprechen und aus Russland kommen und aus Rumänien und aus Polen, und die trotzdem sagen, sie sind Deutsche.
Ich habe Mama gefragt, ob das stimmt, und Mama hat gesagt, es ist schwierig. Jedenfalls fühlen sie sich als Deutsche, hat sie gesagt. Und ich denk mir, vielleicht sind sie es auch wirklich; weil die Kinder doch alle solche merkwürdigen Namen haben, Siegfried und Ekkehard und Gertrude. Aber sprechen tun sie trotzdem komisch, und Mama hat auch gesagt, ich soll da lieber nicht hingehen, man

weiß schließlich nie. Man soll nichts Schlechtes über die Leute reden, hat sie gesagt, das ist nicht nett, aber wissen kann man nie, und solange man nicht weiß, lässt sie jedenfalls ihr Kind da nicht hin.

Aber jetzt war ihr Kind gerade auf dem Weg zum Domröse-Hof, und ich hätte wirklich gerne gewusst, was Mama dazu gesagt hätte. Bestimmt hätte Tante Pia ziemlich viel Ärger gekriegt.

Die anderen Kinder dürfen auch alle nicht zum Domröse-Hof, Annette nicht und Mareike und Isgard und Katrin und Sabine. Darum spielen die Domröse-Kinder immer nur alleine, und das Gemeine ist, dass sie den besten Platz dafür haben. Weil der Domröse-Hof nämlich ein echter alter Bauernhof ist, nur dass da natürlich kein Bauer mehr wohnt. Die Felder und Wiesen gibt es auch längst nicht mehr, auf die haben sie ja die Siedlung gebaut, nur das Bauernhaus haben sie stehen lassen. Und die Ställe gibt es noch und den Schuppen und die Scheune und natürlich den Obstgarten mit so ganz verwilderten Bäumen. In dem kann man natürlich viel besser spielen als auf unserem Spielplatz, aber die Domröse-Kinder sind auch immer da, und darum dürfen wir nicht. Wie ich zum Domröse-Hof gekommen bin, hab ich keinen gesehen. Das weiß ich schon, dass bei denen die Erwachsenen am Tag alle arbeiten, aber sonst rennen doch die Kinder immer da rum; ich hab mich also ganz leise angeschlichen, damit nicht vielleicht doch einer da ist und mich dann heimlich überfällt. Aber auf dem Hofplatz war es ganz still, ich hab keine Geräusche gehört, nicht aus dem Schuppen und nicht aus den Ställen und nicht aus der Scheune. Darum bin ich ganz leise weitergeschlichen zum Obstgarten hin, und es ist mir richtig ein bisschen gruselig gewesen, weil doch alles so einsam war, und das war es sonst eigentlich nie. Die Sonne hat ganz hell geschienen, man hat richtig gemerkt, dass es jetzt schon bald Frühling wird, aber trotzdem hab ich so ein einsames, leises Gefühl gehabt, als wäre ich ganz allein auf der Welt. Und sogar, dass man von der Hauptstraße weit weg die Autos hören konnte, hat es noch einsamer gemacht. Aber es ist trotzdem auch ein gutes Gefühl gewesen, wie ich noch nie eins gehabt hatte, und ich hab mir gedacht, jetzt schleich ich nochmal durch den Obstgarten und stell mir vor, ich bin eine geraubte Prinzessin in einem wilden verwunschenen Wald.

Da hab ich sie dann gesehen. Sie hat unter einem Baum im Gras gesessen, obwohl man doch um diese Jahreszeit auf gar keinen Fall auf dem Erdboden sitzen darf, und sie hat ausgesehen, als ob sie schläft. Da ist es mir noch unheimlicher geworden, und ich hab gedacht, vielleicht ist sie tot. Wenn eine so ganz still unter einem Baum sitzt und sich nicht muckst, kann es schon sein, dass sie tot ist, weil man sonst doch nicht so still rumsitzt und gar nichts macht. Oder vielleicht war sie auch nur verzaubert, in so einem Garten kann eine auch verzaubert sein, ihr Herz zu Stein gezaubert, zum Beispiel; dass sie für immer ganz starr und stumm sein muss.

Aber ich hab mir gewünscht, dass sie doch

nicht verzaubert ist, weil man das den Erwachsenen wieder nicht erzählen kann, dann lieber tot, das glauben sie einem.
Ich bin hinter der Hausecke stehen geblieben und hab immerzu so zu ihr hingeguckt, aber sie hat sich wirklich nicht gemuckst, ganz still hat sie gesessen, und den Kopf hatte sie an den Baumstamm gelehnt.
Da hab ich gedacht, dass ich hingehen muss und nachgucken, was los ist, und ich hab mich richtig angeschlichen, wie die Indianer es tun, und sie hat auch gar nichts gehört.
Es war ein Mädchen, das da gesessen hat, und wie ich näher gekommen bin, hab ich gesehen, dass sie bestimmt noch nicht mal so alt war wie ich. Vielleicht wusste sie deshalb nicht, dass man nicht auf dem kalten Erdboden sitzen darf im Frühling, weil es sonst Blasenentzündungen gibt.
Von nahem hat sie auch nicht mehr tot ausgesehen, weil sie mit den Fingern neben sich immer so am Gras gezupft hat, aber ihr Gesicht war ganz still dabei. Und verzaubert hat sie auch nicht ausgesehen, gar nicht wie

ein Kind aus dem Märchen, obwohl sie ein armselig Gewand anhatte, das schon. Wie das Mädchen im Märchen von den Schwefelhölzern zum Beispiel, also so einen ganz verwaschenen Jungsanorak, und vielleicht auch zu dünn für die Jahreszeit. Darauf muss man nämlich immer gut achten. Wie ich fast bei ihr angekommen bin, hat sie mich doch noch bemerkt. Ganz plötzlich hat sie hochgeguckt, mir mitten ins Gesicht, aber nicht wie eine, die einen Schrecken gekriegt hat oder was. Einfach so, als ob sie gucken wollte, wer ich nun bin, ziemlich neugierig. Man darf eigentlich Leute nicht so neugierig anstarren, das ist unhöflich, aber vielleicht hat sie das nicht gewusst.

Sie hat einen Augenblick gestarrt, und ich hab ganz höflich zurückgeguckt, und weil sie nichts gesagt hat und weil ich es auch wissen wollte, und irgendwas sagen musste ich ja sowieso, hab ich sie gefragt.

»Warum sitzt du hier?«, hab ich gefragt.

Das Mädchen hat geseufzt. »Fernseher ist kaputt!«, hat sie gesagt und mit der Hand

hinter sich zum Domröse-Hof gezeigt. Aber umgedreht hat sie sich nicht.
»Ja?«, hab ich gesagt. Ich habe nicht gefunden, dass ein kaputter Fernseher ein Grund ist, um einfach nur so dazusitzen, schließlich soll man am Tag ja sowieso nicht fernsehen. Aber ich wollte auch nicht gleich unfreundlich sein. Ich hab mir gedacht, dass dieses Mädchen überhaupt nicht gefährlich aussieht, auch wenn sie ein Domröse-Kind ist, und dass ich vielleicht irgendwas mit ihr machen könnte. Nur bis es sechs war, bis Sesam.
»Was machst du denn da?«, hab ich gefragt. »Einfach gar nichts?«
Das Mädchen ist aufgestanden und hat sich die Hosenbeine abgeklopft, und dann hat sie sich ein paarmal ganz kräftig auf den Po gehauen. Bestimmt war ihr der ziemlich kalt geworden. Ich hab gesehen, dass sie mir nur gerade bis zur Schulter reichte, und das war mir auch ein bisschen peinlich, weil ich sonst eigentlich nicht mit welchen spiele, die so viel jünger sind als ich. Es bringt einen ja

auch nicht weiter, weil man von denen noch nichts lernen kann.
»Gar nichts mach ich gar nicht«, hat das Mädchen gesagt. Immer mit dieser komischen Aussprache.
»Ich denk mir doch was.«
»Aha«, hab ich gesagt. Und ich habe beschlossen, dass ich Mama das vielleicht mal erklären muss; dass man sich ja auch einfach was denken kann, wenn man nur so dasitzt, und dass es nicht immer Löcher in die Luft gucken bedeuten muss.
Das Mädchen war jetzt fertig mit Abklopfen und ist langsam durch den Obstgarten zurück zu den Häusern gegangen.
»Willst du mal die Kaninchen sehen?«, hat sie gefragt. Ich hab gefühlt, wie mein Herz angefangen hat ganz doll zu schlagen, und ich hab schnell genickt. Das Mädchen ist einfach vor mir hergegangen.
Wie wir mal Ferien auf dem Bauernhof gemacht haben, hatten sie da auch Kaninchen. Das war Pfingsten, drei Tage waren wir da, weil Mama gesagt hat, »Ferien auf dem Bau-

ernhof sind für Kinder, und das muss man ihnen gönnen. Auch wenn es da vielleicht nicht hygienisch zugeht. Drei Tage stehen wir schon durch. Kinder brauchen den direkten Kontakt zum Tier.

Den hab ich aber gar nicht gewollt, weil die Kühe so groß waren und so gerochen haben, und Pferde gab es keine. Nur zu den Kaninchen hab ich Kontakt gewollt, die saßen im Kuhstall in so kleinen Käfigen, und ich durfte sie den ganzen Tag mit Heu und Löwenzahn füttern.

Bei den Ställen ist das Mädchen stehen geblieben und hat eine Tür aufgemacht. »Komm rein, ist bisschen dunkel«, hat sie gesagt.

Das hab ich auch selbst gemerkt. Aber man konnte trotzdem noch sehen, dass das hier früher mal ein richtiger Kuhstall gewesen war, sogar Stroh klebte noch an den Wänden, und es roch auch nicht gut. »Musst du nach hinten gehen«, hat das Mädchen gesagt. »Da sind Kaninchen.«

Und da hab ich die Kaninchen gesehen. Sie

saßen in Boxen genau wie auf dem Bauernhof und haben gemümmelt, bestimmt sechs oder sieben. Es waren weiß-schwarze dabei und ein braunes und ein riesiges schwarzes mit ganz bösen Augen. Aber in einer Box waren die allerniedlichsten. Drei ganz kleine Kaninchen haben da gesessen, noch nicht mal halb so groß wie die alten, und sie haben genauso gemümmelt und ganz wunderbar lieb ausgesehen.

»Wie süß!«, hab ich gerufen. »Gehören die alle dir?«

Das Mädchen hat den Kopf geschüttelt. »Gehören alle Alfons«, hat sie gesagt. »Ist mein Onkel, Alfons.«

Ich bin ganz dicht an den Käfig gegangen. »Darf man die streicheln?«, hab ich gefragt.

Das Mädchen hat genickt und die Box mit den Babys aufgemacht. »Nicht weglaufen lassen!«, hat sie gesagt.

Aber ich würde nie, nie und niemals ein Tier weglaufen lassen, in meinem ganzen Leben nicht, da konnte sie ganz beruhigt sein. Wo ich mir doch immer so doll ein Haustier ge-

wünscht habe! Aber Haustiere sind gar nicht so harmlos, sagt Mama, man kann Allergien davon kriegen und Hirnhautentzündung, und man braucht immer einen, der sie im Urlaub betreut. Deshalb gucken wir uns lieber die lehrreichen Tierfilme im Fernsehen an und gehen in den Zoo, und Pfingsten fahren wir auch auf den Bauernhof.
»Oh, ist das süß!«, habe ich gerufen. Mein Kaninchen war ein ganz weißes, ich hab mir vorgestellt, dass es ganz ehrlich meins ist, weiß mit einem einzigen schwarzen Ohr. »Wie heißt es denn?«
Das Mädchen hat die Achseln gezuckt. »Der Große heißt Friedrich«, hat sie gesagt. »Ist nächsten Sonntag hops.«
Ich habe mein kleines Kaninchen ganz weich gegen meinen Bauch gedrückt und es überall gestreichelt, und es hat mit seinen Barthaaren gezittert, als ob es sich richtig wohlfühlt bei mir. »Was ist hops?«, habe ich gefragt.
»Geht hops«, hat das Mädchen gesagt und mit der Zunge geschnalzt. »Erst so …«, und dabei

hat sie eine grässliche Bewegung gemacht mit der Handkante ganz schnell gegen ihren Hals, »... und dann in Kochtopf.«

»Nein!«, habe ich geschrien.
Das Mädchen hat die Achseln gezuckt und sich auch ein kleines Kaninchen aus dem Käfig genommen.
»Das lasse ich nicht zu!«, habe ich geschrien. Das schreien die Kinder im Fernsehen auch immer, dreimal hab ich im Fernsehen schon Filme gesehen, wo Kinder ein Tier vor dem Schlachten retten. Das sind dann immer

Pferde, und hinterher kriegen sie ihr Gnadenbrot.
Aber mit Kaninchen geht es genauso gut. Man könnte auch ein Kaninchen entführen.
»Das lass ich nicht zu!«
»Onkel Alfons hat Geburtstag«, hat das Mädchen gesagt. »Und Friedrich ist alt. Wird sonst zäh, das Fleisch. Darf man nicht zu lange warten.«
Ich habe sie angestarrt, weil ich es gar nicht glauben konnte. Ich konnte nicht verstehen, wie sie so ruhig dasitzen konnte mit einem kleinen Kaninchen auf dem Schoß, wenn sie doch ganz genau wusste, dass es eines Tages in den Kochtopf musste.
Und ich habe gedacht, dass sie gemein ist, ganz schrecklich gemein, noch gemeiner als Tante Pia.
»Hat ja ein schönes Leben gehabt!«, hat das Mädchen gesagt. Vielleicht konnte sie Gedanken lesen. »Immer gutes Heu und im Sommer auf der Wiese. Ist ein glückliches Kaninchen gewesen, Friedrich.« Sie hat einen Augenblick nachgedacht. »Und Futter

hat Geld gekostet. Na! Wozu gibt Onkel Alfons Geld? Will er auch essen, endlich mal, den Friedrich!«

Da hab ich mir überlegt, ich muss mir ja nicht unbedingt vorstellen, dass es mit meinem kleinen Kaninchen auch mal passiert. Der Friedrich hat sowieso so böse Augen gehabt, vielleicht ist es dem ganz recht geschehen.

»Wie heißt du?«, hat das Mädchen gefragt. Es hat das Kaninchen von meinem Schoß gehoben und zurück in den Käfig gesetzt. »Ich bin die Bruno.«

»Bruno?«, hab ich gefragt. Ein Mädchen kann wirklich nicht Bruno heißen, aber sie war ja Ausländerin, vielleicht hat sie es da nicht gewusst.

»Das war Brunhild, zu Hause«, hat das Mädchen gesagt und die Käfigtür zugeriegelt. »Aber hier heißen Mädchen nicht Brunhild. Hier heiß ich Bruno.«

Zuerst wollte ich ihr sagen, dass Mädchen nicht Bruno heißen können, aber dann ist mir plötzlich eingefallen, wie traurig das für sie ist; zuerst heißt sie Brunhild, und der Name ist falsch, und dann sucht sie sich einen neuen, und da sag ich ihr, dass der wieder nicht geht. Da bin ich lieber ruhig geblieben.

»Ich heiße Fabia«, hab ich gesagt.

Bruno hat genickt. »Willst du mit rein zu mir?«, hat sie gefragt. »Aber Fernseher ist kaputt.«

Ich hab ihr gesagt, dass ich am Nachmittag sowieso nicht fernsehen soll. Außer, es gibt etwas Besonderes. Etwas Lehrreiches oder einen Film, den Mama als Kind auch schon geguckt hat.

»Koch ich uns einen Tee«, hat Bruno gesagt. »Magst du Pfefferminz?«

Ich hab genickt, aber in mir drin hab ich doch sehr gestaunt. Weil ich mir nicht vorstellen konnte, dass sie das alleine durfte, deshalb. Mama mag es gar nicht, wenn ich am Herd rumfummle, und sie hat es mir ganz streng verboten. »Darfst du das denn?« Aber Bruno hat gar nicht geantwortet. Sie hat einen Schlüssel oben aus ihrem Anorak gezogen, der hing an einem Band um ihren Hals, und damit hat sie die Haustür aufgeschlossen. Die Bauernhaustür. »Rechte Seite vorne ist uns«, hat Bruno gesagt, und das hat so lustig geklungen. Sie hat ihren Anorak in der Diele an einen Haken gehängt, und da hab ich meinen danebengehängt. Dann hat sie die Tür aufgeschlossen, ganz vorne rechts, und da haben wir in einem Raum gestanden, der war ein bisschen wie eine Küche, weil ein Herd darin stand und ein Kühlschrank und eine Spüle, aber ein bisschen war er auch wie ein Wohnzimmer, weil es ein Sofa gab und einen Fernseher.

»Fernseher ist kaputt«, hat Bruno wieder gesagt und die Tür von einem Hängeschränkchen aufgemacht, das über der Spüle hing, und dann hat sie zwei Teebeutel in eine Kanne getan.

»Hübsch habt ihr's hier«, hab ich gesagt. Weil man so was ja sagen soll und weil ich irgendwas reden musste und weil ich auch nicht wollte, dass Bruno traurig sein sollte. Weil es in Wirklichkeit nämlich überhaupt kein bisschen hübsch war, alles so Möbel,

wie wir sie zum Sperrmüll stellen, und bestimmt hatten Brunos Eltern sie da auch gesammelt. Und dann war es auch ziemlich eng, Küche und Wohnzimmer zusammen, und vielleicht sollte das sogar auch noch das Esszimmer sein. Nur das Kruzifix hat mir gefallen, das hatten sie in der Ecke über dem Sofa aufgehängt, und das war so ein Kreuz mit einem Christus. Wo wir mal Urlaub in den Bergen gemacht haben, hatten sie den auch, und der hat mir da schon gefallen.
»Schlafzimmer haben wir auch«, hat Bruno gesagt und eine Tür aufgemacht, die war halb hinter dem Sofa. »Bettüberwurf von zu Hause.«
Ich hab aber gar nicht so genau hingeguckt, weil mir plötzlich eingefallen ist, wo wohl das Kinderzimmer ist. Noch eine Tür war in dem Raum nämlich nicht.
»Und wo ist das Kinderzimmer?«, hab ich gefragt.
Bruno hat mich angeguckt. »Kinderzimmer?«, hat sie gesagt.

»Wo du deine Sachen hast!«, hab ich gesagt. »Spielsachen!«
Da hat Bruno gelacht. »Spielsachen, ach so!«, hat sie gesagt. Und dann ist etwas Trauriges passiert, so traurig, ich mag es fast gar nicht erzählen. Dann ist Bruno nämlich zu der Küchenbank gegangen, die in der Ecke stand, und sie hat die Sitzfläche hochgeklappt, wie man das bei manchen von diesen Küchenbänken kann. Dann hat sie in den Kasten gegriffen, der darunter war.
»Märchenbuch!«, hat sie gesagt und hat ein Buch hochgehalten, so ein großes, dickes, buntes.
»Mensch, ärger dich nicht!« Und mit der anderen Hand hat sie ein Spiel auf den Tisch gestellt. »Willst du spielen?«
Ich hab den Kopf geschüttelt, weil ich gemerkt hab, wie sich etwas in mir zusammengezogen hat und dass ich jetzt nichts sagen konnte. So traurig hat es sich angefühlt.
»Hab ich auch Puppe!«, hat Bruno gerufen und ist ins Schlafzimmer gerannt. Dann ist sie mit einer großen Puppe wiederge-

kommen, die hatte lange Haare und Schlafaugen und war eine ganz normale Puppe, und das hat mich wieder getröstet. »Willst du spielen?«
Ich hab wieder den Kopf geschüttelt, weil es ja sein konnte, dass ich noch nicht wieder so gut sprechen konnte, und ich hab gedacht, dass das aber ein furchtbarer Schreck für mich war. Das kann doch gar kein Mensch glauben! Dass ein Mädchen kein Kinderzimmer hat und nur ein Märchenbuch und ein Mensch-ärger-dich-nicht-Spiel! Aber vielleicht hatte sie ja noch mehr Sachen, im Schlafzimmer, unter den Betten. Die hat sie mir bloß nicht gezeigt.
Ich hab aber lieber nicht nachgefragt.
Bruno hat mir ihre ganz normale Puppe auf den Schoß gesetzt, und dann ist sie zum Herd geflitzt, weil der Wasserkessel ganz furchtbar angefangen hat zu pfeifen. »Gleich ist Tee fertig«, hat sie gesagt.
Ich hab genickt und ein bisschen an ihrer Puppe herumgefummelt, damit sie denken sollte, ich finde sie ganz toll.

»Darfst du das schon alleine?«, hab ich gefragt. »Tee kochen?«
Sie hat aber ausgesehen, als ob sie die Frage gar nicht versteht. »Zucker?«, hat sie gefragt. »Viel Zucker, ja?«
»Wie alt bist du denn schon?«, hab ich gefragt. »Dass du das darfst?«
Bruno hat die Herdplatte ausgedreht und zwei Becher aus dem Schrank genommen. Einen hat sie vor mich hingestellt und einen daneben.
»Bald sechs Jahre alt«, hat sie gesagt. »Nur noch zwei Monate.«
Da war es ja klar, dass sie zu klein für mich war, und das hatte ich vorher schon gewusst.
»Ich bin schon sieben«, hab ich gesagt. »Schon seit vier Wochen.«
Das hat sie aber gar nicht beeindruckt, sie hat einfach den Teebeutel aus der Kanne genommen und eingeschenkt. Wenn man die Hände um den Becher gelegt hat, sind sie ganz heiß geworden.
»Darfst du ganz alleine zu Hause sein?«,

hab ich gefragt. »Wenn deine Mutter arbeitet?«
»Ich komm ja schon zur Schule!«, hat Bruno gesagt. »Im Sommer. August.«
»Ja, aber trotzdem …«, hab ich gesagt.
Mama würde sich zu Tode ängstigen, wenn ich solange alleine zu Hause wäre. Manchmal lässt sie mich eine Stunde allein, wenn sie einkauft, aber dann sagt sie mir immer, dass ich die Tür nicht aufmachen darf, wenn einer klingelt. Weil das ein Einbrecher sein könnte. Und sie verbietet mir, an den Herd zu gehen und Streichhölzer zu nehmen und alles Mögliche sonst. Und dabei bin ich schon sieben.
»Sind ja viele Kinder hier«, hat Bruno beruhigend gesagt. »Große Kinder.«
Ich hab genickt, aber ich hab keinen gehört, und gesehen hatte ich auch noch keinen.
Ich hab also ganz langsam meinen Tee geschlürft, und Bruno hat ihren Tee geschlürft, und wir haben beide nichts gesagt, nicht mal gelächelt. Da hab ich nicht genau gewusst, ob es nun gemütlich war oder nicht. Ich

hab mich ein bisschen in der Küche umgeguckt, und dann ist mir plötzlich das mit dem Sweatshirt aufgefallen, der Tuschefleck unter dem rechten Ärmel. Wenn sie den Becher hochgehoben hat, konnte man ihn ganz genau sehen.

»Wo hast du denn das Sweatshirt her?«, hab ich gefragt. Es war ein rotes Sweatshirt, schon ziemlich verwaschen, mit einer Mickymaus drauf. Meine Freundin Annette hat mal genau das gleiche gehabt. »Mitgebracht«, hat Bruno gesagt. »Von zu Hause«, und sie hat mich ganz ruhig angeguckt dabei.

Da hab ich aber gewusst, dass sie lügt, weil ich den Tuschefleck wiedererkannt hab unter dem rechten Ärmel. Er sieht genau wie ein Schmetterling aus, und ich bin selber dabei gewesen, wie Annette ihn sich reingewischt hat in ihr Sweatshirt. Da hat sie nicht aufgepasst beim Tuschen und ist mit der rechten Hand über ihr Blatt gewischt, und da hat sie eben den Tuschefleck gekriegt genau an der Stelle, wo man immer leicht Tuscheflecke kriegt. Und ihre Mutter hat fürchterlich gejammert, weil Tusche nicht rausgeht, aber Annette und ich haben geflüstert, dass der Fleck genau wie ein Schmetterling aussieht, ein tätowierter Schmetterling unter dem Ärmel.

»Aha«, hab ich gesagt, und ich hab noch überlegt, ob ich ihr sagen soll, was ich weiß, aber da ist Bruno plötzlich aufgestanden und hat ihren Becher zur Spüle getragen.

»Komm mit«, hat sie gesagt. »Zeig ich dir was.«

Dann sind wir zusammen auf die Diele gegangen. Die Diele war groß, und es standen viele Schränke da. Bestimmt mussten sich die alle Familien teilen. Aber ganz hinten in der Ecke war ein großer alter Tisch, darauf lagen tausend Sachen, Zeitungen und zwei Federballschläger und ein Flitzebogen, und daneben stand eine rote Plastikschüssel.

»Komm mit«, hat Bruno wieder gesagt und mich am Ärmel zu der Schüssel gezogen.

Die Schüssel war viereckig, und der Boden war ausgestreut mit Sägespänen. Und mitten drin saß eine winzig kleine braune Maus.

»Oh, wie niedlich!«, hab ich gerufen. »Gehört die auch Alfons?«
Mit einem Griff hat Bruno die Maus aus der Schüssel geholt, sie hat sie am Schwanz angefasst dabei, und das fand ich ziemlich gemein.
»Gehört mir«, hat Bruno gesagt. »Willst du sie mal?«
Die Maus war ganz winzig, und sie hat genau in meine Hand gepasst. Sie hatte lange schnupperige Barthaare und pechschwarze Perlenaugen. Ihr Schwanz war viel zu lang und grau, und sie hat in meiner Hand gehockt und mich angestarrt, als ob sie gleich abhauen wollte.

»Mongolische Rennmaus«, hat Bruno gesagt. »Gehört mir allein. Aber ist fürchterlich schnell. Musst du gut aufpassen auf ihr.«

Ich hab genickt, und insgeheim hab ich gedacht, dass es doch irgendwie nicht gerecht ist, wenn eine, die nicht mal ein Kinderzimmer hat und nur ein Wohnzimmer, das auch noch die Küche ist, wenn so eine eine eigene Rennmaus hat, und ich nicht. Und dann noch die vielen Kaninchen zum Spielen! Aber gesagt hab ich das nicht.

Dann hab ich plötzlich auf meine Uhr geguckt, und da war es fast sechs. Da wusste ich, dass ich jetzt ganz ganz schnell gehen muss, ich muss immer um sechs Uhr zu Hause sein.

»Bringst du mich noch?«, hab ich Bruno gefragt, und dann sind wir zusammen zur Haustür gegangen und haben unsere Jacken vom Haken genommen, und die Rennmaus hatte Bruno die ganze Zeit in der Hand.

»Also, ich geh jetzt«, hab ich gesagt. »Sonst schimpft meine Mutter.« Obwohl ich das nicht wirklich geglaubt hab. Tante Pia ist es bestimmt ganz egal, wann ich komme.

»Kommst du mal wieder zu mir?«, hat Bruno gefragt. Nicht irgendwie bettelig oder so. Nur einfach gefragt.
Ich hab einen Augenblick überlegt, ob ich wollte, und dann hab ich an die Kaninchen gedacht und an die Rennmaus, und dass Pfefferminztee natürlich nicht mein Lieblingsgetränk ist, aber die komische Küche war doch auch ganz gemütlich.
»Mal sehen«, hab ich gesagt. Weil ich natürlich nicht gewusst hab, wann das mal klappt, dass ich Bruno mal wieder besuche, an welchem Tag. Ich hab ja doch nicht so viel Zeit. »Ich guck, wann es passt.« Dann bin ich losgerannt.
Bruno hat in der Tür gestanden und mir nachgewinkt. Die kleine Rennmaus hatte sie in der Hand.

# 8.

Zu Hause hat Tante Pia immer noch am Küchentisch gesessen und hat in ihre Bücher geguckt und Sachen auf kleine Zettel geschrieben. Dabei hat es ganz wunderbar nach Kaffee geduftet.

Ich hab gedacht, dass Tante Pia vielleicht böse ist, weil ich einfach so lange weggeblieben bin, aber sie hat nur ganz kurz hochgeguckt und genickt.

»Bist du wieder da?«, hat sie gefragt. Weil die Frage so blöde war, hab ich überhaupt nicht geantwortet und mir auch gleich den Fernseher eingeschaltet. Sesam war schon fast vorbei.

Erst beim Abendbrot wollte Tante Pia dann wissen, wo ich gewesen war.

»Ich hab eine Freundin besucht«, hab ich gesagt, und mir ist der Obstgarten eingefallen

und die Küche und das gute Gefühl, als ich das Kaninchen auf dem Schoß halten durfte. Ich hab gedacht, dass es beinah so was ist wie ein Geheimnis und dass ich Tante Pia nichts davon erzähle.
Aber Tante Pia wollte sowieso nichts wissen.
»Na, das ist ja schön«, hat sie gesagt. Dann hat sie schon wieder zur Seite geschielt, wo ihre Bücher lagen.

# DIENSTAG

# 9.

Ich weiß gar nicht, wie ich noch so dumm sein konnte zu glauben, der Dienstag würde sein wie immer, wo ich Tante Pia doch nun kannte. Weil sie mich natürlich *nicht* zum Flöten gebracht hat am Dienstagnachmittag, und das war ja klar.

»Aber ich kann doch das Flöten nicht auch ausfallen lassen!«, hab ich gerufen. »Ich war doch gestern schon nicht beim Ballett!«

»Ballett, Ballett!«, hat Tante Pia gesagt. »Und wozu musst du Blockflöte spielen? Macht dir das denn überhaupt Spaß?«

Darüber hatte ich noch nie so genau nachgedacht, aber es gehört eben einfach dazu. Ich gehe zum Flöten, seit ich fünf Jahre alt bin, und Mareike geht auch und Annette, und seit Weihnachten geht sogar Isgard. Weil wir da nämlich immer bei der Weihnachtsfeier im Gemeindesaal flöten dürfen, und vorher telefonieren unsere Mütter hin und her, was wir am besten anziehen sollen und ob wir die Haare offen tragen nur mit einem Haarreifen, weil das so schön weihnachtlich aussieht, oder lieber hochgesteckt, mehr so ganz streng und ernst. Also Flöten gehört einfach dazu. »Wenn ich nicht gehe, verlier ich den Anschluss!«, hab ich gerufen. Das hat Mama immer zu mir gesagt, früher, als ich noch kleiner war. Da wollte ich manchmal nicht hin.

»Das wird dann wohl so sein müssen«, hat Tante Pia gesagt und das Mittagsgeschirr in die Spüle geräumt.

»Ich bin hergekommen, um auf ein Kind aufzupassen, nicht auf einen dressierten Affen.«

Ich hab sie so gemein gefunden, dass ich sie am liebsten getreten hätte, aber dann ist mir wieder eingefallen, dass es für Tante Pia sowieso die schlimmste Strafe ist, wenn ich Mama alles erzähle, und die gibt ihr dann einfach kein Geld.

Da bin ich in mein Zimmer gegangen und

hab Hausaufgaben gemacht, weil ja schon klar war, dass Tante Pia danach wieder nicht fragen würde, und Lesen würde sie bestimmt auch wieder nicht üben. Natürlich ist es nicht so furchtbar schlimm, wenn ich mal nicht zum Flöten gehe, ich hatte sowieso nicht so gut geübt diese Woche und gestern schon gar nicht. Das mache ich sonst nämlich immer am Tag vor der Flötenstunde, da übe ich nochmal ordentlich. Aber gestern hatte ich gar nicht dran gedacht. Und nur wegen dieser blöden Tante Pia.

Draußen schien die Sonne, und ich hatte meine Hausaufgaben gemacht, und mein Zimmer war auch aufgeräumt. Da hatte ich auch keine Lust, es wieder rummelig zu machen, allein sowieso nicht, und ich hab mir überlegt, was ich wohl anfangen könnte. Bruno ist mir ganz von alleine eingefallen.

Ich hab Tante Pia nicht mal tschüs gesagt und bin einfach so an der Küche vorbeigegangen. Es hat wieder ganz doll nach Kaffee gerochen.

Diesmal ist mir der Domröse-Hof schon ganz

heimelig vorgekommen. Jetzt kannte ich ihn ja schon besser, und als ich an der Haustür vorbeigegangen bin, hab ich gewusst, wie es auf der Diele aussieht und in Brunos Wohnung, und es war ein bisschen ein Gefühl wie im Urlaub, wenn man irgendwo hinkommt, wo es eigentlich fremd ist, aber jetzt ist man doch da zu Hause.

»Bruno!«, hab ich gerufen. »Bruno, wo bist du?«

Auf dem Hofplatz war alles leer, keine Bruno und auch sonst kein Kind, und ich hab gedacht, dass es aber ein Mist wäre, wenn ich Bruno jetzt auch nicht finden könnte, und die andern sind alle beim Flöten.

»Bruno, ich bin das, Fabi!«

Da ist langsam die Haustür aufgegangen, und Bruno hat im Türrahmen gestanden in ihrem roten Sweatshirt mit dem Tuschefleck. Das hatte sie schon den zweiten Tag an. »Bist du wieder da«, hat sie gesagt.

Gar nicht sehr freundlich, aber unfreundlich auch nicht.

Ich hab mich gewundert, dass sie nicht draußen spielt, wo doch die Sonne scheint, und richtig was Aufregendes gab es drinnen ja auch nicht. Der Fernseher war schließlich kaputt.

»Ich dachte, ich *sollte*«, hab ich gesagt. »Ich dachte, du hast gesagt, ich *sollte*.«

Bruno ist zurück ins Haus gegangen, aber sie hat nochmal über die Schulter zurückgeguckt, dass man gemerkt hat, sie will, dass ich ihr nachkomme. Auf der Diele ist sie zu der Plastikschüssel gegangen.

»Rennmaus ist weg«, hat sie gesagt.

Ich hab sie nur angestarrt. Aus der Plastikschüssel kam kein Geräusch, da hab ich es ihr gleich geglaubt.

»Einfach so weg?«, hab ich gefragt.

Bruno hat genickt. »Gestern Abend hat sie noch gegessen«, hat sie gesagt. »So. Und heute Morgen – weg.«

Man konnte nicht richtig sehen, ob Bruno traurig war, sie hat kein trauriges Gesicht gemacht. Aber jeder wäre ja traurig, wenn seine Rennmaus verschwindet, auch wenn noch fremde Kaninchen zum Streicheln da

sind. Die gehen sowieso immer hops, wenn sie groß sind.
»Hat sie einer geklaut?«, hab ich gefragt. »Ist sie weggelaufen?«
Bruno hat die Achseln gezuckt. »War einfach weg«, hat sie gesagt. Dann hat sie ganz tief geseufzt. »Willst du Tee?«
Ich habe ja gesagt, aber bestimmt nicht, weil ich so versessen auf Pfefferminztee bin. Mehr weil ich eine Pause gebraucht hab, zum Nachdenken. Eine Rennmaus kann sich nicht einfach in Luft auflösen, so was glauben nur Babys. Eine Rennmaus kann weglaufen oder geklaut werden, und das ist es auch schon.
»Kann sein, eine Katze ist gekommen«, hat Bruno gesagt und den Becher vor mich hingestellt. »Mein Vater sagt, ist eine Katze gekommen.«
»Eine Katze?«, habe ich gefragt. Es ist mir ganz eiskalt den Rücken runtergelaufen, weil ich an die kleinen schwarzen Perlaugen denken musste und an die Schnurrhaare. Und was Katzen mit Rennmäusen machen, weiß ja jeder. Denen ist es dann völlig egal,

ob die aus Mongolien sind, Maus ist für Katzen nur Maus.
»Vielleicht war die Tür offen?«, hat Bruno gesagt.
»Nur ein bisschen? Oder ein Fenster?«
Ich hab genickt. Das klang ganz vernünftig. Man darf Mäuse eben nicht in offenen Plastikschüsseln halten. »Vielleicht ist sie einfach nur ausgebüxt?«, hab ich gefragt. Das war mir gerade erst eingefallen. Warum musste die Maus denn unbedingt von einer Katze gefressen worden sein? Man muss ja nicht immer das Schlimmste denken! Vielleicht hockte die Rennmaus jetzt irgendwo in der Diele unter einem Schrank und schnupperte nach Käse. »Bestimmt ist die einfach nur ausgebüxt, du!«
Bruno hat mich angeguckt. »Ausgebüxt?«, hat sie gesagt. Dann konnte man sehen, dass sie es verstanden hat. »Ist doch nicht ausgebüxt, Fabia. Rand ist viel zu hoch. Kann kleine Maus nicht rüber.« Und dann ist plötzlich eine Träne über ihre Backe gekullert, obwohl ihr Gesicht überhaupt nicht

nach Weinen ausgesehen hat. Und in mir hat sich alles zusammengezogen, weil ja klar war, dass Bruno recht hatte, über so einen hohen Rand konnte die kleine Maus alleine nicht klettern.

Da wollte ich Bruno so furchtbar gerne trösten, aber mir ist nichts eingefallen. Mich könnte ja auch kein Mensch trösten, wenn mir eine Rennmaus weggelaufen wäre.

Und dann hab ich es plötzlich gewusst.

»Bruno!«, hab ich gesagt. »Das war ja gar keine Katze, du! Das waren, wetten, die Tierfänger!«

Davon hat mir Mama nämlich erzählt, und die gibt es wirklich. Tierfänger, die schleichen durch die Straßen und klauen sich Tiere, und dann bringen sie sie zu den Fabriken, die Medizin machen oder Lippenstifte oder Haarspray. »Deine Maus wird jetzt ein Versuchstier!«

Ihre Träne hatte Bruno sich längst wieder weggewischt. »Ist aber manchmal Katze hier«, hat sie gesagt. »Ist schwarz, und ist vielleicht Kater.«

»Jaja, schon klar!«, hab ich gerufen. »Aber die Katze ist unschuldig, wetten?«
Und dann hab ich ihr das von den Tierfängern erzählt.
Und weil Bruno noch nie davon gehört hatte, musste ich ihr das alles erklären. Was die also mit den Tieren machen. Zum Beispiel Haarspray in die Augen sprühen, und wenn das Tier dann blind wird, denken die Fabrikleute, aha, vielleicht ist das Spray auch ungesund für Menschen. Dann sprühen sie es noch hundert anderen Tieren in die Augen, und wenn die auch alle wieder blind werden, wissen sie es genau. Dann haben die Tiere der Menschheit gedient.
»Ist wirklich wahr?«, hat Bruno gefragt. Zum ersten Mal, seit ich sie kannte, hat sie richtig erschrocken ausgesehen. »Ist Tierquälerei!«
»Jaja, natürlich!«, hab ich gesagt. »Aber wir können die Rennmaus ja retten! Wir müssen nur rauskriegen, wo sie ist, und dann holen wir sie zurück.«
»Wie soll das gelingen?«, hat Bruno gesagt.

Sie war überhaupt nicht so begeistert wie ich. »Wie soll das denn gelingen.«
Zuerst wollte ich sie auslachen, weil sie so komische Wörter gebraucht, aber dann fand ich das mit den Tierfängern doch wichtiger. Ich hab mir schon immer gewünscht, mal so richtig aufregende Sachen zu erleben, wie man sie sonst immer nur vorgelesen kriegt. Bankräuber fangen, zum Beispiel, oder unter Lebensgefahr ein Kind aus einem brennenden Haus retten. Aber bei uns passiert so was natürlich nie. Und nun hatte ich plötzlich eine Chance.
»Komm, Bruno, wir gehen!«, hab ich gesagt. »Wirst du schon sehen, wir retten die Maus.«
Bruno hat mit den Achseln gezuckt, aber dann hat sie sich doch ihre Jacke angezogen.

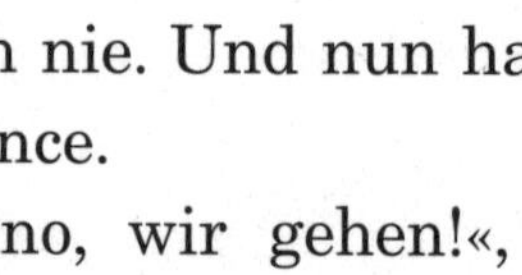

## 10.

Draußen war die Sonne verschwunden, und es hat ein bisschen angefangen zu nieseln. Ich hab mir überlegt, dass wir zuerst ganz in der Nähe vom Domröse-Hof suchen müssen und dann immer weiter.

»Und was suchen wir denn?«, hat Bruno gefragt.

»Nicht Katze?«

»Alles, was verdächtig aussieht«, hab ich gesagt. »Alles, was so aussieht, als ob es nicht hergehört! Männer in schwarzen Anzügen, die gebückt schleichen und Fahrräder mit einem Käfig drauf schieben, und Männer in Regenmänteln mit Sonnenbrille ...«

Mehr ist mir so schnell nicht eingefallen. Ich hatte ja noch nicht oft Verbrecher gesucht.

Bruno hat mich nur ganz komisch angeguckt, aber sie ist dann doch hinter mir hergekommen, vom Domröse-Hof runter in die Siedlung, und ich hab beim Gehen den Kopf immer ganz schnell von einer Seite zur anderen gedreht, damit ich nichts übersehe. Dann hab ich es plötzlich gesehen. Ich hab Bruno mit der Hand zurückgedrückt, und dann hab ich mich hinter einen Busch gehockt. Weil da, direkt vor uns, wohl das Allerverdächtigste war, was man sich vorstellen kann, noch verdächtiger kann gar nichts sein.

»Jede Wette, das sind sie!«

Nur ein paar Meter vor uns stand auf der Straße ein gelber Kastenwagen. Die Schiebetüren waren geöffnet, und zwei Männer in blauen Overalls kletterten rein und wieder raus. Der eine hatte Kopfhörer auf den Ohren, und in den Gehweg hatten sie eine ganz tiefe Grube gegraben, da drin sind sie immer verschwunden. Da hab ich gewusst, dass das die Tierfänger sein müssen, es war ein ganz heimtückischer Trick. Bestimmt saßen die den ganzen Tag in ihrem Loch, und wenn ein Tier vorbeikam, sagen wir mal, ein Hund ohne Leine, schwups!, schon haben sie ihn geschnappt und zu sich in die Grube gezerrt. Dann haben sie ihn vielleicht noch betäubt, damit er nicht bellt, und dann ins gelbe Auto gesteckt. Das war ja ganz sonnenklar.

»Bruno, das sind die Verbrecher!«, hab ich geflüstert. Mir ist ganz kalt und unheimlich geworden, weil ja jeder weiß, was Verbrecher mit Kindern machen, die sie ausspionieren. Das konnte ich aber nicht ändern. Ich war jetzt in einem Abenteuer mittendrin, und da muss man auch schon mal was wagen. Wenn man edel sein will und heldenmütig, darf man nicht gleich vor Angst in die Hose machen.

»Wir müssen uns an den Wagen ranschleichen!«, hab ich geflüstert. »Da haben sie bestimmt alle Tiere drin!« Und ich hab mir vorgestellt, wie der ganze Boden von dem Wagen vollliegt mit gefesselten Hunden und Katzen und vielleicht auch Kaninchen. Rennmäuse konnte ich mir nicht so gut gefesselt vorstellen. Die hatten sie vielleicht in Plastiktüten gesteckt. Hinter mir hat Bruno immer so gemurmelt.

»Deut – sche«, hat sie ganz leise gesagt. »Bun – des – post. Deutsche Bundespost. Steht auf dem Wagen.«
Ich hab mich so blitzschnell zu ihr umgedreht, dass ich vielleicht ein Geräusch ge-

macht hab. »Deutsche Bundespost?«, hab ich geflüstert. »Wo steht Deutsche Bundespost?«

»Steht auch noch: Te – le – kom«, hat Bruno gesagt. »Telekom. Steht auf dem Wagen.«

Ich habe Bruno angestarrt. Ich meine, sie geht ja noch gar nicht zur Schule, wieso kann sie lesen? Aber ich hab schon gleich gesehen, dass das gestimmt hat, das eine Wort hat nämlich mit einem D angefangen und das zweite mit einem B und das dritte mit einem T. Das konnte schon stimmen.

»Steht das da wirklich?«, hab ich geflüstert. »Deutsche Bundespost Telekom? Ich kann das von so weit weg nicht richtig lesen.«

Bruno hat genickt. »Deutsche Bundespost Telekom«, hat sie gesagt. »Ist so Name von Tierfänger?«

Da konnte ich ihr nur einen Blick zuwerfen, weil die Frage ja nun wirklich so dumm war, dass mir gar nichts mehr dazu eingefallen ist.

»Das ist doch nur Tarnung!«, hab ich geflüstert. »Verstehst du das nicht? Damit die

Leute denken, das sind ganz einfache Postmänner, aber in Wirklichkeit sind das Verbrecher!«
Mein unheimliches Gefühl ist noch schlimmer geworden, weil ja nun klar war, dass das sogar ganz gerissene Verbrecher sein mussten. Wenn sich Verbrecher extra eine Grube graben und dann auch noch ein Tarn-Auto anschaffen, dann müssen sie schon ziemlich gerissen sein.
Da hab ich gewusst, es ist zu gefährlich für uns.
»Bruno!«, hab ich geflüstert. »Ich glaub, wir gehen lieber gleich zur Polizei! Für uns ist das hier zu gefährlich.«
»Ja?«, hat Bruno geflüstert. »Sind schlimme Verbrecher Deutsche Bundespost Telekom?«
Ich hab genickt, und dann sind wir ganz gebückt an den Büschen entlanggeschlichen, hin zur Polizei.

# 11.

Die Polizeiwache liegt gleich an der Hauptstraße, aber zum Glück nicht hinter der Kreuzung. Sonst dürfte ich da ja nicht hin.

Als wir reingekommen sind, war schon eine Frau vor uns dran, der hatten sie ein Fahrrad geklaut, und jetzt wollte sie den Verlust melden. Ich hab einen Augenblick überlegt, ob ich ihr einen Tipp geben sollte wegen Deutsche Bundespost Telekom, aber Kinder sollen ja höflich und zurückhaltend sein. Der Polizist hat die Frau nach ihrem Namen gefragt und wo sie wohnt und ob sie sich die Rahmennummer von ihrem Fahrrad aufgeschrieben hat. Das weiß ja jedes Kind, dass man das soll, aber die Frau wusste es leider nicht. Da hat der Polizist gestöhnt, und es hat alles ziemlich lange gedauert.

Ich bin dann auch langsam ungeduldig geworden, und ich bin immer von einem Fuß auf den anderen getreten. Der Polizist hat zu mir rübergeguckt.

»Musst du mal?«, hat er mich gefragt.

Das fand ich nun doch ziemlich frech, und darum hab ich ganz still gestanden, obwohl es fürchterlich lange gedauert hat. Bruno hat sich auch nicht gemuckst.

Dann waren wir endlich dran. Bei der Warterei ist mir noch eingefallen, dass wir uns überhaupt nicht die Autonummer aufgeschrieben hatten von dem gelben Kastenwagen, und das ist doch immer das Erste, wonach die Polizei fragt. Deshalb war es mir ein kleines bisschen peinlich.

»Na, junge Damen?«, hat der Polizist schließlich gesagt. »Und was kann ich für euch tun?«

Nun war es ja eigentlich so, dass wir was für *ihn* tun wollten, wir hatten schließlich eine gefährliche Tierfängerbande entdeckt.

»Wir haben eine gefährliche Tierfängerbande entdeckt«, hab ich gesagt.

Der Polizist saß hinter einem Tisch, auf dem

stand eine Schreibmaschine, aber einen Bogen hatte er noch nicht eingespannt.
»So, so, aha«, hat der Polizist gesagt. »Das ist neu. Das hatten wir noch nicht.« Und er hat so gelächelt, als ob er uns kein Wort glaubt.
»Das stimmt doch, Bruno, oder?«, hab ich gesagt. Wir hatten ja schließlich Beweise. »Sie haben sogar ein Tarn-Auto dabei! Deutsche Bundespost Telekom!« Und als er sich immer noch kein Blatt Papier genommen hat, hab ich noch gesagt: »Und in den Gehweg haben sie ein ganz tiefes Loch gegraben!«

»Ist nicht wahr!«, hat der Polizist gesagt und ist aufgestanden. Dann hat er in den Nebenraum geguckt …

»Reimund!«, hat er gerufen. »Verlegen die eigentlich immer noch Kabel? Dahinten in der Siedlung?«

»Soweit ich weiß, ja!«, hat eine Stimme zurückgerufen. Extra gekommen ist Reimund deswegen nicht.

»Das sind Kabelverlegearbeiten von der Post«, hat der Polizist freundlich gesagt. »Die sind hier schon lange zugange, gebe der Himmel, dass sie jetzt bald mal fertig werden.«

»Von der echten Post?«, hab ich gefragt.

Ich hab gedacht, dass natürlich auch echte Postmänner nebenbei Tierfänger sein können, sozusagen als Hobby. Das wäre dann noch eine viel bessere Tarnung. Aber ich hab schon gewusst, dass es bestimmt nicht so ist. Und ich hab mich ganz furchtbar geschämt.

»Von der *echten* Post«, hat der Polizist gesagt und aus einem großen Glas für jeden von uns einen Bonbon herausgeholt. »Meldet euch gerne wieder, wenn euch was Verdächtiges auffällt. Wir sind für jeden Tipp dankbar.«

Ich bin nach draußen gegangen, ohne auf Wiedersehen zu sagen. Den Bonbon habe ich auch nicht genommen.

# 12.

Auf der Straße hat Bruno mich angetippt. »Sind keine Verbrecher, Deutsche Bundespost?«, hat sie gefragt.

»War alles nur Irrtum?«

Das Wort hat mir gefallen, weil es so geklungen hat wie etwas, was Erwachsenen jeden Tag passiert.

»War alles nur Irrtum«, hab ich gesagt. »Genau.« Da hat mir jemand von hinten eine Hand auf die Schulter gelegt.

»Na, spielt ihr schön?«, hat Tante Pia gefragt. Sie hatte einen Korb in der Hand. »Wollt ihr mitkommen zum Einkaufen?«

Bruno hat genickt und ganz freundlich gelächelt.

»Nette Freundin hast du da«, hat Tante Pia gesagt.

Vor dem Supermarkt haben wir draußen

gewartet, wo die Ringe für die Hunde sind, damit man sie anbinden kann. Aber Hunde waren jetzt grade nicht da. Daneben ist immer ein Schild mit so einem Spitz drauf und noch Worte dazu in ganz komischer Schrift.

»Ej, was steht da auf dem Schild, Bruno, sag mal!«, hab ich gefragt. Das war eine gute Gelegenheit zu testen, ob sie wirklich schon lesen konnte. Postautos erkennen kann schließlich jeder.

Bruno hat die Augen ganz schmal gemacht und ihre Stirn in Falten gelegt. »Ich muff draufen bleiben«, hat sie dann gesagt. »Ich muff draufen bleiben.«

»Muff?«, hab ich gefragt. »Draufen?«

»Steht da aber so«, hat Bruno gesagt. »Ist ganz komisches F.«

Da musste ich lachen, weil die beim Supermarkt noch nicht mal richtige Schilder schreiben konnten, und dann ist Tante Pia gekommen und hat uns jedem ein Eis gegeben. Sogar ein ziemlich großes.

»Vielen Dank«, hat Bruno gesagt und wieder

so gelächelt. Sogar einen Knicks hat sie dabei gemacht.
»Willst du noch zu uns kommen zum Spielen?«, hat Tante Pia gefragt.
Aber das wollte Bruno nicht, weil um sechs immer ihre Mutter von der Arbeit kommt, und dann kochen sie zusammen und erzählen sich was. Jede Wette darf Bruno wieder allein an den Herd.

## 13.

In der Nacht ist dann was Komisches passiert, und daran sieht man mal wieder, dass Tante Pia völlig verrückt ist.
Es war schon ganz dunkel, und ich hatte bestimmt schon ziemlich lange geschlafen, da hab ich plötzlich eine Hand auf mir gespürt.
»Fabia!«, hat eine Stimme geflüstert. »Magst du Schnecken?«
Ich hab einen furchtbaren Schreck gekriegt, wie man ihn immer kriegt, wenn man nicht genau weiß, ob etwas ein Traum ist oder Wirklichkeit, aber dann hab ich mich wieder erinnert.
»Tante Pia?«, hab ich gefragt.
»Ich hab aufgehört zu lesen«, hat Tante Pia geflüstert. »Länger als Mitternacht mach ich nie. Jetzt hab ich mir zur Belohnung noch

Schnecken in den Ofen geschoben. Möchtest du welche?«
Ich war mit einem Ruck wach. »Ist Mitternacht?«, hab ich gefragt.
Tante Pia hat genickt. »Also möchtest du nun, oder nicht?«, hat sie gefragt.
Da bin ich blitzschnell aufgestanden und hab meinen Bademantel übergezogen, und dann hab ich mit Tante Pia in der Küche gesessen, mitten in der Geisterstunde, und Schnecken mit Knoblauchbutter gegessen. Und ich hab auch gewusst, dass ich Mama davon lieber nichts erzähle, bis Mitternacht auf sein darf ich sonst nur Silvester.
»Vom Rotwein kann ich dir ja leider nichts abgeben«, hat Tante Pia gesagt und mir Apfelsaft eingeschenkt. »Prost!«
Wein hab ich auch gar nicht gewollt, und eigentlich hätte ich auch keine Schnecken gebraucht, so besonders gut haben die nicht geschmeckt. Aber ich hab es lustig gefunden, sie aus ihren Häusern zu pulen, und auch ein bisschen eklig. Und die Lampe hat Tante Pia ganz tief über den Tisch gezogen, dass es

nur einen winzigen hellen Kreis darauf gab, in dem waren die Schnecken und wir. Das ganze übrige Zimmer hatte Geisterstunde, und das war ein gutes Gefühl, gerade richtig gruselig und gerade richtig gemütlich.

»Eine nette Freundin hattest du da«, hat Tante Pia gesagt. »Ein bisschen altmodisch, oder? Macht man denn heute noch einen Knicks?«

Da hab ich überlegt, ob ich es ihr sagen soll, aber sie hatte mich schließlich zum Schneckenessen eingeladen, mitten in der Nacht, und eine Hand wäscht die andere. Also hab ich ihr mein Geheimnis erzählt vom Domröse-Hof. Und am Schluss auch noch alles von der Rennmaus.

»Guck an«, hat Tante Pia gesagt. »Darum hab ich euch also bei der Polizei angetroffen. Und ist sie nun ganz fürchterlich traurig?«

»Bruno?«, hab ich gesagt. »Keine Ahnung.« Und ich hab wieder gemerkt, dass sie eine komische Freundin war, bei meinen anderen Freundinnen hätte ich es ganz bestimmt gewusst.

»Ich glaube, jetzt solltest du schlafen«, hat Tante Pia gesagt und sich mit einem Stück Küchenkrepp den Mund abgewischt. »Ich schlafe jetzt auch.«
Dann sind wir beide ins Bett gegangen.

# MITTWOCH

## 14.

Am Mittwochmorgen bin ich in der Schule mit Lesen drangekommen, und da konnte ich es nicht. Das ist mir zum ersten Mal in meinem Leben passiert, zum allerersten Mal, sonst hatte ich ja immer geübt; aber am Dienstag hatte ich das nicht gemacht, und das war alles Tante Blöd-Pias Schuld. Da hätte ich beinah geweint.

In der Pause haben mich dann Annette und Mareike gefragt, warum ich gestern nicht beim Flöten war und vorgestern schon nicht beim Ballett, und ich habe gesagt, das ist nur wegen meiner blöden Tante, die soll auf mich aufpassen, und jetzt bringt sie mich nirgendwohin.

Ich bin also ziemlich wütend nach Hause gekommen, und da saß Tante Pia natürlich wieder mit ihren Büchern am Küchentisch.

Aber wenigstens hatte sie Pizza gemacht, und die ganze Küche hat danach gerochen.
»Hm, leckere Pizza!«, hab ich gesagt und die Oliven an den Rand gelegt weil ich die nämlich nicht mag. Da war ich schon fast nicht mehr böse. »Hast du für heute Nachmittag was abgemacht?«
»Was?«, hat Tante Pia gefragt und die Oliven von meinem Teller einfach zu sich rübergeholt. »Du gestattest doch sicher.«
»Eine Verabredung getroffen«, hab ich gesagt. »Von meiner Liste! Die hat Mama dir doch extra noch hingelegt!«
Tante Pia hat mich angestarrt, als ob ich verrückt wäre. »Bitte?«, hat sie gesagt. »Erklär das mal näher.«
Da hab ich im Bauch so eine Wut gekriegt, weil ja schon klar war, dass sie nichts abgemacht hatte für mich, und dabei ist mittwochs sonst immer mein allerschönster Tag. Da hab ich nämlich überhaupt keinen Termin. Montags ist Ballett und dienstags ist Flöten und donnerstags Tennis und freitags ist Hockey, aber am Mittwoch hab ich immer

vollkommen frei. Das hat Mama so gemacht, weil sie Wert darauf legt. Mama sagt, es ist ja schrecklich, wenn ein Kind keine Zeit mehr zum Spielen hat, und darum durfte ich mittwochs auch mit dem Schwimmkurs aufhören, als ich Silber gemacht hatte, Fahrtenschwimmer. Gold ist überhaupt gar nicht nötig, hat Mama gesagt, wir machen das ja nicht, um anzugeben, und ihr ist es wichtiger, dass ihr Kind auch noch mit anderen Kindern spielt. Und dafür ist eben der Mittwoch da.

Die Mütter haben das auch immer ganz schön geplant, weil es ja gar nicht so einfach ist. Weil manche Mütter nämlich nicht so klug sind wie Mama, und da gehen die Kinder dann mittwochs noch schwimmen. Oder Voltigieren gehen sie auch, das ist auch immer mittwochs, und darum muss Mama dann immer telefonieren, hin und her, wer Zeit hat und wann, und das sagt sie mir immer beim Essen. Aber Tante Pia hatte das natürlich nicht gemacht, gar nichts hatte sie wieder gemacht, und jetzt

war also Mittwoch, und ich war nicht verabredet.
»Mein schönster Tag!«, hab ich Tante Pia angeschrien. »Mama hat dir extra die Liste hingelegt!«
»Die Telefonliste?«, hat Tante Pia gefragt und sich seelenruhig sogar noch Oliven direkt von meiner Pizza geklaut. »Dafür ist die da? Ich hatte gedacht, das ist, wenn du mal im Dunkeln noch nicht zu Hause bist, damit ich dann weiß, wo ich anrufen kann!« Und sie hat ganz ruhig weitergegessen.
»Mein schöner Mittwoch!«, hab ich gebrüllt. »Morgen ist wieder Tennis, und Freitag ist Hockey, aber mittwochs darf ich immer nur spielen!«
»Und durftest du gestern nicht?«, hat Tante Pia gefragt. »Und vorgestern? Meinetwegen darfst du auch morgen, dir gehört die Welt.«
Da hätte ich sie am liebsten mit meiner Pizza geschmissen, aber so was macht man natürlich nicht. Und ich hab gewusst, dass

es jetzt ein ganz trostloser Nachmittag wird, weil keiner für mich Zeit hat, und ich bin mutterseelenallein.

## 15.

Da musste ich es also selber versuchen. Also bin ich losgegangen, und auf dem Weg ist mir erst eingefallen, dass ich noch nicht mal meine Hausaufgaben gemacht hatte.

Das Haus, in dem Annette wohnt, ist viel größer als unsers. Ihre Auffahrt ist auch viel breiter, und bevor man überhaupt in den Garten kommt, muss man immer erst durch so eine Gegensprechanlage reden.

»Ja, bitte?«, hat die Stimme von Annettes Mutter gefragt, als ich geklingelt hab.

»Hallo, hier ist Fabia«, hab ich gesagt. Vielleicht hab ich auch ein bisschen gekrächzt. Ich mag diese Gegensprechanlage nicht, und ein bisschen ist sie mir auch unheimlich. Weil man doch die Gesichter zu den Stimmen nicht sieht, und darum kann man nie genau wissen, was sie wirklich denken. Annette, zum

Beispiel, die redet ganz freundlich, aber dabei schneidet sie lauter Grimassen und rollt mit den Augen, dass man weiß, in Wirklichkeit wünscht sie den Klingler zum Teufel.
»Oh, hallo, Fabia!«, hat Annettes Mutter am anderen Ende ganz fröhlich gesagt. Da konnte ich mir richtig vorstellen, wie sie dabei mit den Augen rollt und denkt, so ein Mist, die jetzt auch noch. »Die Annette ist aber gar nicht zu Hause, du.«
»Oh«, hab ich in die Sprechanlage gesagt.
»Ja, du, Fabia, das weißt du doch«, hat Annettes Mutter gesagt. Immer noch hat ihre Stimme ganz fröhlich geklungen. »Am Mittwoch geht sie doch immer Voltigieren.«
»Ach so«, hab ich gesagt, als ob ich es vergessen hab. Und ich wollte auch noch gerne zu ihr sagen, dass man das nicht machen darf, ein Tag muss auch noch zum Spielen sein. Das hab ich mich aber nicht getraut.
»Ja, also dann, tut mir leid«, hat Annettes Mutter wieder gesagt. »Dann also tschüs.« Und ich hab das Klicken gehört, das bedeutet, jetzt ist die Anlage ausgeschaltet.

Da hab ich auch eine Grimasse geschnitten und mit der flachen Hand hab ich einmal ganz kurz gegen den Lautsprecher gehauen. Ich wollte eigentlich doller, das hab ich mich aber nicht getraut.
Ich bin dann also zu Mareike gegangen, es bei ihr versuchen. Und mir war ganz klar, dass ich das besser gleich gemacht hätte, weil Mareike in einem Reihenhaus wohnt, da haben sie keine Sprechanlage, und man sieht die Mutter genau. Und außerdem geht Mareike mittwochs nicht zum Voltigieren, die geht dann zum Schwimmen, und vielleicht war sie heute ja nicht da. Wenn man erkältet ist, zum Beispiel, kann man nämlich nicht gehen, sonst wird daraus noch eine Lungenentzündung, und das ist dann immer sehr ärgerlich. Fehlen wirft einen ja immer so zurück. Einmal aussetzen ist beim Schwimmen nicht gut.
Als ich geklingelt hab, hat Mareikes Mutter gleich aufgemacht. Sie sieht immer sehr freundlich aus, Mareikes Mutter, und sie ist auch immer so hübsch geschminkt. Bei

Mareike sieht man gleich, dass in der Familie alles stimmt, sagt Mama.
»Ach, hallo Fabi!«, hat Mareikes Mutter gesagt und dabei so gestrahlt, dass ich gedacht hab, sie freut sich wirklich, dass sie mich sieht, aber wissen kann man es nicht. »Wie schön, dich zu sehen.«

»Hm«, hab ich gesagt. Ich weiß nicht genau, ob man dann antworten muss: »Und wie schön, *Sie* zu sehen.« Das ist mir eigentlich peinlich. »Ist Mareike da?«

»Mareike? Nein, du, leider nicht«, hat ihre Mutter gesagt. Dabei hat sie immer noch so gestrahlt, dass ich schon gedacht hab, gleich sagt sie, komm rein, aber *wir* zwei können ja spielen. »Die ist doch mittwochs beim Schwimmen!«

»Ach so, ach ja, hab ich ja ganz vergessen!«, hab ich gesagt. »Hat sie immer noch kein Silber?«

Mareikes Mutter hat ganz laut gelacht, und dann hat sie mich mit dem Finger herangewinkt, wie das die Butterhexen tun, und sie hat mir ins Ohr geflüstert: »Die hat ja noch nicht einmal Bronze! Die hat ja noch immer erst ihr Seepferdchen! Die hat Angst vor dem Wasser, unsere Mareike!« Und dann hat sie wieder so gelacht, aber mir ist es dabei eiskalt den Rücken runtergelaufen wie bei einer echten Butterhexe. Weil ich es nicht richtig finde, wenn eine Mutter ihr Kind ver-

petzt, und weil jeder mal Angst vor irgendwas hat, das braucht die Mutter dann gar nicht zu sagen.
»Ach so, aha!«, habe ich also gemurmelt, und dann hab ich mich umgedreht und bin weggegangen.
»Wiedersehen, Fabi!«, hat Mareikes Mutter hinter mir hergerufen. Da hab ich erst gemerkt, dass ich das ganz vergessen hatte.
Auf dem Weg zu Isgard hab ich immer überlegt, ob sie mittwochs auch einen Termin hat, es ist mir aber nichts eingefallen. Und ich hab gedacht, wie blöd ich war, dass ich es bei Mareike überhaupt versucht hab, weil ja doch klar war, dass sie noch kein Silber hatte. Sonst hätte sie es mir in der Schule erzählt, und den Badeanzug mit dem Abzeichen hätte sie auch bestimmt mitgebracht. Das machen ja alle.
Bei Isgard hat es eine Weile gedauert, bis die Tür aufgegangen ist. Isgards Mutter hatte einen Bademantel an und ein Handtuch um den Kopf und hat ganz verwirrt ausgesehen.

»Fabia?«, hat sie gefragt und sich mit dem Bademantelärmel die Tropfen von der Stirn gewischt. »Hab ich denn was durcheinandergekriegt?«
Ich hab den Kopf geschüttelt. »Ich wollte nur fragen, ob Isgard heute …«
»Ja, seid ihr denn heute verabredet?«, hat Isgards Mutter gefragt und mich ganz erschrocken angestarrt dabei. »Hab ich etwa zwei Termine für heute gemacht? Isgard ist nämlich bei Katrin, das ist schon lange so abgesprochen!«
Ich hab nur wieder den Kopf geschüttelt. »Ich hatte nur gedacht«, hab ich gesagt. Aber Isgards Mutter hat mich schon wieder unterbrochen.
»Natürlich weiß ich, dass du mittwochs immer frei hast!«, hat sie gerufen. »Aber ich hab doch für heute nicht – ich kann mich nicht erinnern, dass deine Mutter …«
»Nee, nee, ist schon in Ordnung«, hab ich gesagt. Und ich hab die Hände in die Taschen gesteckt und mich umgedreht, und dann ist es mir noch gerade rechtzeitig eingefallen.

»Tschüs!«, hab ich noch über die Schulter gerufen.
In der Tür stand immer noch Isgards Mutter im Bademantel mit einem Handtuch auf dem Kopf und sah völlig verwirrt aus.

## 16.

Da hab ich gewusst, dass ich nun wieder nur zum Domröse-Hof gehen konnte, und ich bin wütend gewesen, weil sonst keiner mit den Domröse-Kindern spielt, immer nur ich. Und ich hab gehofft, dass mich nicht einer dabei erwischt, weil sie mich sonst fragen, warum ich mit denen spiele, und dann muss ich so viel erklären.

Auf dem Domröse-Hof war viel mehr Betrieb als sonst, das hat man schon von draußen gehört. Da war ein ziemliches Gegröle und Geschreie, und manchmal hat einer gelacht. Darum hab ich gewusst, dass Bruno bestimmt nicht alleine ist, bestimmt sind auch die großen Jungs dabei, und eigentlich hab ich ja Angst vor denen. Aber ich hab mich so schrecklich gelangweilt, und das Lachen klang auch überhaupt nicht gefährlich. Ich hab mir also überlegt, dass ich ja sagen kann, ich bin nur gekommen, um die Maus zu suchen, das glauben sie mir bestimmt.

Beim Tor hab ich schon angefangen, immer so auf den Boden zu gucken, dass jeder gleich sieht, ich such was. So hab ich mich dann langsam vorgearbeitet, vorbei am Haus bis zum Garten. Da haben sie mich dann entdeckt.

»He, wir kriegen Besuch!«, hat ein großer Junge geschrien. Der saß ganz oben in einem Birnbaum und hat mit einem Seil irgendwas hochgezogen. »Eine Dame kommt, Achtung, Besuch!«

Da wusste ich nicht so genau, ob ich nun Angst haben oder ob ich lachen sollte, aber da ist schon Bruno aufgetaucht und hat mich am Arm gepackt. Ganz plötzlich ist sie von einem Ast gesprungen, und sie hat gelacht und so fröhlich ausgesehen wie überhaupt noch nie.

»Fernseher ist immer noch kaputt!«, hat sie gerufen. »Wir bauen ein Baumhaus!«

Da hab ich erst gesehen, dass der große

Obstgarten voll von Kindern war, die Bretter schleppten und sägten und hämmerten, und sie haben mich überhaupt nicht weggeschickt.
»Die Weiber sollen Tee kochen!«, hat ein großer Junge gerufen und Bruno und mich so ins Haus gescheucht. Nur mit einer Armbewegung. »Gleich ist Einweihungsfeier!«
Bruno hat mich immer noch am Ärmel gehalten.
»Machen wir große Kanne«, hat sie gesagt. »Machen wir zwei.«
Da bin ich einfach mitgegangen, jetzt wusste ich ja schon, wo die Sachen zum Teekochen waren. Und Bruno hat auch gar nichts gesagt, als ich den Wasserkessel auf den Herd gestellt hab, sie hat nur die Kanne geholt.
»Machen wir großes Fest«, hat sie gesagt und die Teebeutel in die Kanne getan. »Haben wir schon ganzen Nachmittag gebaut.«
Ich hab genickt und gewartet, dass das Wasser endlich kochen soll, und ich hab so ein glückliches Gefühl gehabt wie eine richtige Hausfrau. Ich hab mir gedacht, das da drau-

ßen ist wohl meine Familie, und die Männer müssen zur Arbeit, aber irgendwas Gefährliches, nicht ins Büro. Und in unser ganz geheimes Versteckhaus bringe ich ihnen Essen und Trinken, damit sie nicht hungers sterben, und vielleicht wird es dann dunkel, und wir feiern ein Fest.

»Wasser ist heiß!«, hat Bruno gerufen. »Schlafmütze, Fabia!« Da haben wir beide gelacht.

Erst als wir die Teekannen zu dem Baumhaus getragen haben mit furchtbar viel Zucker drin und einem ganzen Tablett voller Tassen, ist mir eingefallen, dass Mama das nie im Leben erfahren darf. Weil doch Mädchen Jungs nicht immer bedienen sollen, das ist ganz fürchterlich falsch. Die Jungs hätten den Tee kochen müssen und die Mädchen das Baumhaus bauen, sonst sind wir ganz schlimm unterdrückt. Da hab ich mich geschämt, dass ich so gerne Tee kochen wollte, aber leider nur ein bisschen, doller schämen ging irgendwie nicht.

»Bruno?«, hab ich gefragt. Ich musste ganz furchtbar aufpassen, dass mir die Tassen

nicht vom Tablett fielen. »Als ich noch nicht da war, vorhin, durftest du da mitbauen?«
»Mitbauen?«, hat Bruno gefragt. »Unser Haus?« Ich hab genickt.
»Immer nur *sägen*!«, hat Bruno gesagt. »Sägen und sägen und sägen! Ist schon ganz kaputt meine Hand!«
Da hab ich gedacht, dass es dann vielleicht doch nicht so schlimm war, dass wir den Pfefferminztee gekocht hatten, und ich war ein bisschen beruhigt.

# 17.

Wir haben den ganzen Nachmittag im Baumhaus gespielt, ich weiß nicht genau, was. Wir sind rausgeklettert und wieder rein, sogar durch die Fenster, und dabei ist uns eine Tasse zerknackst. Die Jungs haben nicht gesagt, dass die Weiber immer zu Hause bleiben müssen, darum sind wir genauso geklettert, aber als keiner von ihnen daran gedacht hat, die Teesachen zurück in die Küche zu bringen, haben Bruno und ich das gemacht, und diesmal fand ich schon ein bisschen, dass es Mädchenausnutzung war.

»Bruno, die nutzen uns aus«, hab ich gesagt. »Die unterdrücken uns, Bruno.«

»Willst du spülen oder trocknen?«, hat Bruno gefragt, und weil ich gemerkt hab, dass sie gar nicht versteht, was ich meine, hab ich lieber gespült. Das darf ich zu Hause nämlich nie.

Wie wir gerade wieder zum Baumhaus gegangen sind, ist draußen Annette mit ihrem Turnbeutel vorbeigekommen. Vom Voltigieren zurück.

»Hallo, Annette!«, hab ich gebrüllt und bin zum Zaun gerannt. Annette war richtig erschrocken. »Was machst du denn hier, Fabi?«, hat sie gefragt.

Da hab ich getan, als ob es die selbstverständlichste Sache von der Welt ist, und ich hab ganz gelangweilt geguckt. »Baumhaus bauen«, hab ich gesagt. »Tee kochen, wenn du nichts dagegen hast!« Und ich hab gedacht, vielleicht ist sie jetzt neidisch, weil sie kein Baumhaus hat und keinen Tee kochen darf, und vor so großen Jungs hat sie doch sowieso Angst. »Du kannst ja auch mitmachen, wenn du willst!« Annette hat den Kopf geschüttelt und die Unterlippe über die Oberlippe gestülpt. Dann ist sie einfach weggegangen, und dabei hat sie immer auf den Boden gestarrt.

»Kennst du das Mädchen?, hat Bruno gefragt. »Ist deine Freundin?«
In dem Augenblick ist eine schwarze Katze über den Hof gehuscht. Man konnte nicht sehen, ob es vielleicht auch ein Kater war.
Und mir ist die Maus eingefallen und dass ich sie suchen wollte, aber dann hatte ich doch mehr Lust auf das Baumhaus, und wir sind geklettert, bis es dunkel war.
»Kommst du mich wieder besuchen?«, hat Bruno gefragt, als sie mich im Dunkeln zum Tor gebracht hat.
»Morgen«, hab ich gesagt. Weil ja schon klar war, dass Tante Pia mich auch nicht zum Tennis bringen würde, da konnte ich genau-

so gut im Baumhaus spielen. »Ich komm morgen wieder, Bruno.«
Bruno hat genickt und sich umgedreht. »Ist gut«, hat sie gesagt. Man weiß bei ihr nie, was sie eigentlich denkt.

# DONNERSTAG

# 18.

Am Donnerstag bin ich aufgewacht und hab gleich gedacht, dass das nun heute mein letzter Tag mit Tante Pia ist, und am Abend sind wir wieder eine richtige Familie. Ich hab mich auf Mama gefreut und überlegt, was sie mir wohl mitbringt, und ich hab mich auch gefreut, dass nun alles wieder so wird, wie es muss. Man hat ja gern Ordnung im Leben.

Am Morgen in der Schule hat Annette mich gefragt, ob ich jetzt immer mit den Domröse-Kindern spiele und ob das jetzt meine Freunde sind.

»Na und?«, hab ich gesagt, aber ich hab mich ein bisschen komisch gefühlt dabei, weil sie auch mit Mareike getuschelt hat, und das war mir nicht recht. Die sind ja beide nur neidisch.

Leider hab ich dann auch noch Ärger gekriegt, weil ich meine Hausaufgaben nicht gemacht hatte, und das hatte ich wirklich vergessen. Da haben Annette und Mareike sich angeguckt, und Frau Maurer hat gesagt, was denn plötzlich mit mir los ist, aber weil es das erste Mal ist, ist es noch nicht so schlimm. Nur in Zukunft soll ich wieder so fleißig und tüchtig sein, wie ich das immer gewesen bin, und ich habe genickt und die Lippen zusammengekniffen dabei, und ich hab gedacht, wenn ich den Kopf jetzt ganz still halte, sieht vielleicht keiner die Tränen. Weil sie dann ja nicht rauskullern können.

Zu Hause saß Tante Pia wieder am Küchentisch und hatte Risotto gekocht. »Na, Fabia-Nichte?«, hat sie gesagt. So freundlich hatte sie mich noch nie begrüßt, und das hat mir richtig einen Stich gegeben. Weil ich gedacht hab, jetzt freut sie sich schon, dass sie bald wegkann. »Wie war's in der Schule?«

»Du hattest keine Hausaufgaben mit mir gemacht«, hab ich gesagt.

Tante Pia hat sich von dem Risotto auf den Teller getan und mich wieder so erstaunt an-

geguckt. Immer hat sie so erstaunt geguckt, die ganze Woche schon, sie versteht wirklich kein bisschen von Kindern.
»Was hab ich mit deinen Hausaufgaben zu tun?«, hat sie gefragt. »Magst du noch einen Nachschlag?«
Ich hab genickt und gedacht, dass es jetzt auch nicht mehr lohnt, ihr irgendwas zu erklären, heute Abend kommt Mama ja wieder.
Wir haben gegessen, ohne zu reden, und Tante Pia hat ihren Teller ganz leergekratzt. Dann ist sie so ein bisschen hin und her geruckelt auf ihrem Stuhl, und dann hat sie gesagt: »Tut mir leid, wenn du dich nicht so wohlgefühlt hast bei mir. Tut mir leid, wenn ich was falsch gemacht hab.«
»Ach, ist schon gut«, hab ich gesagt. Ich fand es natürlich nett, dass sie sich entschuldigt hat, aber ich hab auch gleich wieder gedacht, dass sie es vielleicht nur tut, damit ich nicht petze. Damit sie ihr Geld trotzdem kriegt.
»Und wegen der Maus«, hat Tante Pia dann gesagt, »habt ihr die denn jetzt gefunden?«
Ich musste richtig erst einen Augenblick

nachdenken, wovon sie überhaupt redet. »Nee«, hab ich dann gesagt. »Die hat doch die Katze gefressen.«

Tante Pia hat mich angestarrt, als ob sie total schockiert wäre. »Du bist ja vielleicht brutal!«, hat sie gesagt. »Und das erzählst du mir einfach so?«

Ich hab die Achseln gezuckt. Weg ist weg. Und ich hatte sie schon fast vergessen.

»Weil nämlich«, hat Tante Pia gesagt und sich richtig ein bisschen gewunden dabei, »weil ich nämlich glaube, dass ich sie – ich hab sie heut morgen gefunden.«

Da konnte ich mein Risotto nicht mehr weiteressen.

»Du hast die Maus gefunden?«, hab ich gefragt. »Brunos Maus?«

Tante Pia sah aus, als ob sie gleich rot werden wollte.

»Ja, also, das war nämlich so«, hat sie gesagt. »Ich bin also heute Morgen spazieren gegangen. Muss man doch auch schließlich mal! Ich bin also spazieren gegangen, und da bin ich bei dem Bauernhof vorbeigekommen ...«

»Domröse-Hof«, hab ich gesagt. »Bauernhof ist das ja nicht mehr.«
Tante Pia hat genickt. »Da bin ich also bei diesem Domröse-Hof vorbeigekommen, und plötzlich hab ich gedacht: War das nicht hier mit der Maus? Und ich hab mir gedacht, dass ich doch einfach mal suchen kann. Ganz in Ruhe. Vielleicht finde ich sie ja.«
»Die Maus?«, hab ich gefragt. Ich konnte das gar nicht so glauben. Weil doch der Rand von der Schüssel zu hoch war und weil es draußen kalt war und weil die schwarze Katze überall rumstrich. »Du hast Brunos Maus gefunden?«
Tante Pia hat mit den Achseln gezuckt. »War gar nicht so schwer«, hat sie gesagt. »Ich hab so ein bisschen geguckt, und da hab ich sie plötzlich gesehen.«
»Und wie hast du geschafft, sie zu schnappen?«, hab ich gefragt. Weil ja jeder Mensch weiß, Mäuse sind schnell.
»Zu schnappen?«, hat Tante Pia gesagt. »Das war ja ganz leicht. Die hat da ganz einfach gesessen.« Sie hat einen Augenblick nach-

gedacht. »Vielleicht war sie geschwächt«, hat sie gesagt. »Von der langen Zeit draußen. Da hatte sie die Nase voll von der Freiheit.«
Ich hab genickt. Aber ich hab es immer noch nicht glauben können.
»Komm mit«, hat Tante Pia gesagt. »Dann zeig ich sie dir.« Und sie wollte mit mir ins Wohnzimmer gehen.
In dem Moment hat es geklingelt. Mama und Papa hatten einen Flug eher gekriegt.

# 19.

»Fabia!«, hat Mama gerufen und mich gleich an der Tür in den Arm genommen. Sie hat sich so lieb angefühlt, und sie hat so gut gerochen, und ich hab mich so furchtbar gefreut.
»Fabia, lass dich mal ansehen! Wie habt ihr die Zeit überstanden?«
Tante Pia stand in der Wohnzimmertür und hat gar nichts gesagt.
»Ich bin ja so froh, dass ich dich wiederhabe, du!«, hat Mama gesagt und ihr Kinn in mein Haar gedrückt. »Ist alles in Ordnung?«
Ich habe genickt. Mamas Arme haben mich ganz festgehalten, ich hab fast schon gedacht, sie lässt mich nie mehr los.
»Tante Pia hat eine Maus gefunden«, hab ich gesagt.
Da hat Mama ihre Arme von meinem Rücken

genommen und Tante Pia angeguckt. »Eine Maus?«, hat sie gefragt.
Ich bin zur Wohnzimmertür gegangen. »Ich freu mich ja auch, dass du da bist!«, hab ich gerufen.
Die Maus saß in so einem winzigen Transportkasten und hat Körner geknabbert. Sie hat mich angeguckt mit ihren kleinen schwarzen Augen, als ob sie mir was erzählen wollte. Das wollte ich aber nicht wissen.
»Fabia!«, hat Mama von der Zimmertür gerufen. »Findest du das nicht eine etwas sonderbare Begrüßung? Und wo sind deine Tennissachen? Du musst dich beeilen, dann fahr ich dich hin!« Einen Augenblick hat sie auf den Kasten geguckt und dann auf mich. »Wir können uns ja auf der Fahrt unterhalten.«
Die Maus hat in ihrem Kasten gesessen und Männchen gemacht. Sie wollte sicher nach Hause.
»Gleich, Mama!«, hab ich gesagt. Ich hab mir den Kasten geschnappt und bin an Mama

vorbei zur Diele gegangen. »Zuerst muss ich nur noch die Maus zurückbringen!« Und ich bin einfach nach draußen gerannt.

# 20.

Draußen hat es ein bisschen genieselt, aber mir hat das nicht so viel ausgemacht. Ich hatte es sowieso eilig.
Die Maus hat in ihrem Kasten gesessen und sich zusammengekuschelt. Bestimmt mochte sie das Geschaukele nicht.
Beim Domröse-Hof war alles still, ich hab an die Haustür geklopft. Der Maus hat ein kleines Stück vom rechten Ohr gefehlt, das war vorher noch da. Ich glaube nicht, dass ich Tante Pia verpetze.